Volver a florecer

Volver a florecer

UNA NOVELA

Robbie Couch

PRIMERO SUEÑO PRESS

ATRIA

Nueva York Ámsterdam/Amberes Londres
Toronto Sídney/Melbourne Nueva Delhi

ATRIA
Un sello de Simon & Schuster, LLC
1230 Avenida de las Américas
Nueva York, NY 10020

Primera edición en rústica de Primero Sueño Press/Atria Paperback, julio 2026

Publicado originalmente por Simon & Schuster, Inc., en inglés bajo el título *Bloom*

PRIMERO SUEÑO PRESS / ATRIA PAPERBACK y su colofón son marcas registradas de Simon & Schuster, LLC

Impreso en los Estados Unidos de América

1 3 5 7 9 10 8 6 4 2

Los datos del Catálogo de la Biblioteca del Congreso han sido solicitados.

ISBN 978-1-6682-3324-5
ISBN 978-1-6682-3325-2 (ebook)

Para aquellos que han luchado por florecer

Quién sabe, quizás algún día se descifre el lenguaje de
los árboles, proporcionándonos la materia prima
para nuevas historias increíbles.

—PETER WOHLLEBEN

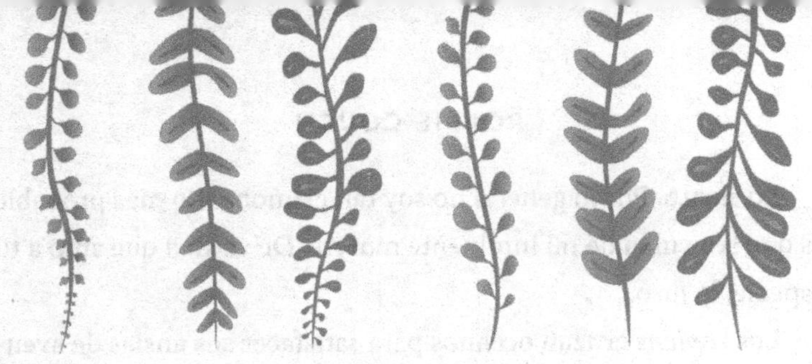

CAPÍTULO 1

Jade

HOY VOY A MORIR. NO siempre estoy tan segura como ahora, pero si hay algo en lo que siempre he podido confiar es en lo que intentan decirme las raíces. Y esta mañana, justo cuando me despertó la luz, me han dicho que el amanecer de hoy iba a ser el último, todo gracias a Segundo Sapiens.

Probablemente debería retroceder un poco.

Hola. Soy Jade. Broté hace solo dos años, pero que no te engañe mi juventud. La edad no es más que un número, como dicen los *sapiens*, y eso es especialmente cierto cuando comparamos la velocidad a la que se desarrollan las suculentas y los primates sociales. Yo, por ejemplo, llevo siendo independiente desde que broté. Pero si fuera un *sapiens* de dos años, sería una amenaza irascible que exige respeto mientras defeca sin parar; una carga para mi propia especie más que un recurso para nuestra supervivencia. Además, aunque esto es menos relevante, ¿no dicen que las plántulas de *sapiens* son monas? Porque yo no lo veo así.

Lo siento. Por lo general no soy tan gruñona. Lo más probable es que sea culpa de mi inminente muerte. De verdad que amo a tu especie, lo juro.

Los *sapiens* cruzan océanos para satisfacer sus ansias de aventuras y se hacen con papitas saladas a través de las ventanillas de los autos para obtener energía. Estudian para curar huesos rotos, lloran para sanar corazones rotos y se pasan la mayor parte de su presente añorando el pasado o temiendo lo que está por venir. Son un grupo fascinante y encantador.

Salvo Segundo Sapiens.

Él es el responsable de mis hojas marchitas y de que mi tierra se muera de hambre. Después de que su marido, Primer Sapiens, muriera hace dos estaciones, Segundo Sapiens retiró mi maceta de la ventana, donde vivía con todas las demás, y me dejó en un rincón oscuro, destinada al olvido. Si le he hecho algo que merezca tal malicia, me gustaría saberlo, la verdad, de ser posible antes de morir.

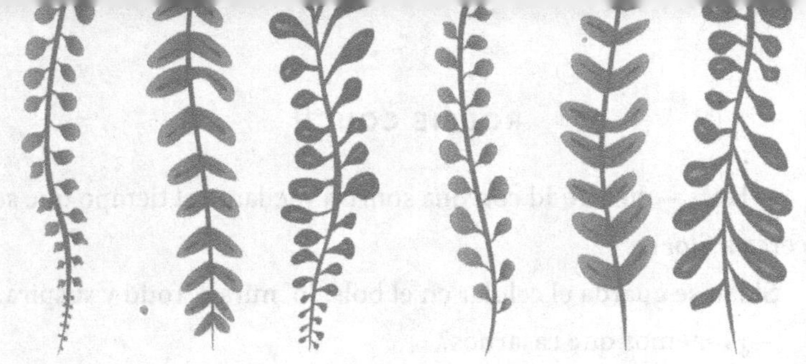

CAPÍTULO 2

Sloan

SLOAN HOPPERBOT NUNCA HA SIDO una persona a la que le atraigan las bodas. Ni siquiera lo es ahora, cuando se supone que debería interesarse por la suya.

En la escuela, Sloan conocía el tipo de chicas que en sexto grado ya tenían decidido el nombre de sus hipotéticos maridos y en séptimo, el color de los vestidos de las damas de honor; Sloan no era una de ellas. Y, sin embargo, no sabe cómo, se ha convertido en la típica novia, conteniendo las lágrimas en la florería y optando por morderse la lengua en vez de arremeter contra su madre. Sloan creía que todo eso no era lo suficientemente importante como para convertirse en un cliché, pero lo más probable es que la mayoría de las novias digan lo mismo.

Sloan se esconde detrás de un gran jarrón rebosante de hortensias de color rosa púrpura, y luego comprueba su reflejo en la cámara del teléfono celular para asegurarse de que no tiene los ojos llorosos. Lo último que necesita ahora mismo es que su madre, Beth, la interrogue sobre sus lágrimas.

—Hola —dice Todd con una sonrisa vacilante al tiempo que se acerca a Sloan.

Sloan se guarda el celular en el bolsillo, mira a Todd y suspira.

—¿Tenemos que casarnos?

—¿Arrepentida?

—Completamente.

—Ya somos dos.

Sloan le sonríe a su prometido de metro noventa y cinco, un empleado de la tienda local de alquiler de bicicletas que parece «un chico coreano que descubrió el fútbol en la secundaria y los Twinkies en la universidad», como dijo Beth la noche que lo conoció. Beth ya lo miró antes con desaprobación por ponerse unos vaqueros rotos y una sudadera para reunirse con el florista, lo que confirmó aún más que Sloan está tomando la decisión correcta al casarse con él.

Todd le devuelve la sonrisa mientras mira a su prometida de metro sesenta y cinco, una camarera mediocre con el pelo rubio cobrizo y un *piercing* en el cartílago que hace que parezca, como dijo una vez Beth, «una de esas universitarias que van a manifestaciones contra los abrigos de piel».

—No dejes que te altere —susurra Todd.

Sloan estira el cuello para ver por encima de las hortensias.

—¿Es triste que no sepa a cuál de las dos te refieres?

Beth y la tía de Sloan, Angela, están discutiendo animadamente al otro lado de la tienda, cada una insufrible a su manera.

—No tienes por qué pedirle a tu hermano o a tu tío que te acompañen al altar —dice Todd aún más bajo—. No tienes por qué pedírselo a nadie.

—¿Me estás diciendo que quieres que salte en paracaídas hasta ti en el altar?

Todd se lo piensa.

—Sí.

Sloan se ha acostumbrado a escuchar a Beth y a Angela debatir sin tapujos delante de ella sobre lo que quieren para la boda, como si la opinión de la novia fuera algo meramente adicional. Siempre había sido molesto, pero al menos tolerable. Una cosa son las paletas de colores y la asignación de asientos, pero ¿pelearse por cuál miembro masculino de la familia, que no se lo merece, la acompañe al altar? Eso ya es otra cosa, sobre todo, teniendo en cuenta que acaba de fallecer su padre.

Antes de contestar el teléfono y enterarse del derrame cerebral que mató a Fred Hopperbot hace seis meses, Sloan jamás se imaginó a Fred llevándola al altar. No es que no quisiera que su padre la acompañara al altar o que se imaginara a otra persona haciéndolo, es solo que nunca había fantaseado con su boda. Quizás eso la convierte en una hija que está lejos de ser ejemplar, o quizás la culpa sea de su alergia a las películas románticas sensibleras. Pero ahora que Fred no está, Sloan no ha podido parar de imaginarse su brazo entrelazado con el de su padre mientras caminan hacia Todd y el altar, un recuerdo inventado que no puede tener y que la persigue como un reloj.

Todd mira a Beth y a Angela en el lado opuesto de la tienda.

—Parece que han dejado de pelearse.

Sloan entrecierra los ojos y mira a su tía.

—No, siguen igual.

—¿En serio?

—No sobre quién va a llevarme al altar —aclara Sloan, que nota que han retirado las garras, pero solo hasta cierto punto—, pero siguen discutiendo sobre algo.

Sloan y Todd se inclinan en silencio hacia delante para intentar escuchar, y ambos oyen a Beth decir: «Stevie Wonder». Se miran el uno al otro con resignación y articulan con los labios al unísono: «El DJ».

Lo único que mantiene a Sloan cuerda es que, al final de todo esto, podrá casarse con Todd.

En un principio, su intención era celebrar una boda pequeña y barata, una decisión que Beth no apoyaba del todo, pero que toleraba con algunas excepciones. Sin embargo, cuando el lugar sencillo que habían reservado canceló la ceremonia de Sloan y Todd debido a unas reparaciones pendientes por los daños causados por una inundación, Beth se autoproclamó gestora de crisis e intervino. Con Sloan sumida en el dolor tras la muerte de Fred, hacerse con el poder fue tarea fácil.

Beth argumentó que un lugar nuevo implicaba también cambiar todo lo demás, desde el menú hasta la música y las flores, y una Sloan triste y un Todd indiferente decidieron que era más inteligente ceder que librar una batalla que estaban destinados a perder. Ahora, armada con un mayor presupuesto para celebrar la boda de sus sueños, Beth se ha convertido en la prueba viviente de que más dinero sí equivale a más problemas… y a una boda que Sloan y Todd sienten que cada vez es menos suya.

Sloan oye a su madre murmurar algo sobre el *Cha Cha Slide* mientras Beth y Angela salen de su burbuja y miran alrededor de la tienda en busca de Sloan y Todd. Por desgracia, Sloan necesitaría varios jarrones más llenos de hortensias para ocultar bien a Todd, por lo que las hermanas no tardan en descubrir su escondite y caminar hacia ellos.

—¿Todo bien? —le pregunta Beth a Sloan a medida que se acerca.

—Sí —responde Sloan con indiferencia, con la esperanza de disipar cualquier sospecha—. ¿Por?

Los ojos grandes de Beth se niegan a parpadear detrás de las monturas doradas de las gafas.

—¿Seguro? —inquiere Beth de nuevo, esta vez dirigiendo la pregunta a Todd.

Los agujeros de los vaqueros parecen aún más grandes al lado de una Beth demasiado arreglada, con un traje sastre *beige* entero. Sloan ve cómo su prometido traga saliva.

—Sí —contesta, mirando a Sloan—. ¿Eso creo?

Se produce un breve intercambio de miradas antes de que Beth decida pasar la página.

—Bueno, está bien —dice con un suspiro—. ¿Han elegido ya el adorno floral? —Pero lo que en realidad está preguntando es, de los muchos arreglos florales que Sloan y Todd han considerado, ¿cuál han elegido de las dos únicas opciones que han recibido la aprobación de Beth?

Sloan no responde, así que, una vez más, Beth mira a Todd.

Él mira a su prometida y luego vuelve a mirar a Beth.

—Creo que… ¿el segundo? —responde con menos certeza aún que antes.

La culpa le oprime el pecho a Sloan al recordar el comentario acertado que hizo Todd sobre que Beth es la LeBron James de las suegras intimidantes.

Beth se frota un pendiente de perla con la mirada aún puesta en Todd.

—El azul y amarillo entonces…

—Sí. Espera. Quiero decir… ¿sí?

Beth hace una pausa.

—Bueno.

Sloan sabe que un «bueno» a regañadientes, en contraposición a un «bien» instintivo, significa que aún no lo han oído todo.

—¿Y tú? —le pregunta Angela a Sloan, inclinándose hacia un lado para ver a su sobrina más allá de las hortensias. Su abundante cabello negro azabache, parecido al de una mascota Chia Pet, entra en el campo de visión de Sloan. No está segura de cuál de los nuevos encantos de su tía le parece peor: el tinte mal hecho o las cejas que podrían haber sido dibujadas con lápiz por un niño de nueve años—. ¿A ti también te gusta el segundo, Sloan?

Sloan asiente con la cabeza.

—*Dios* —dice Beth, y se vuelve hacia su hermana—. ¿Ves? Nos está ignorando. Te dije que estaba enfadada por algo.

—No las estoy ignorando —replica Sloan.

—Es porque hemos sacado el tema de Paul y Dick —le indica Beth a Angela—. Lo sabía.

Angela abre mucho los ojos.

—¿Por eso te has enfadado?

—No me he enfadado...

—Ay, cariño —la interrumpe Angela con una risita condescendiente—. Sé que las emociones siguen a flor de piel, pero las bodas requieren planificación —dice mientras le sonríe a Sloan con lástima—. O sea, *alguien* tiene que acompañarte al altar...

Sloan vuelve a sentirla: una oleada de rabia que le sube por el pecho. Puede que quiera al imbécil de su hermano Paul y al sexista de su tío Dick. Pero preferiría que, en su gran día, ambos estuvieran postrados en la cama en sus casas con una intoxicación alimentaria antes de que la acompañen al altar. Tiene que salir de esta tienda lo más rápido posible antes de que diga algo sobre las cejas de Angela de lo que luego se pueda arrepentir.

—Hemos venido a elegir las flores, ¿no? —argumenta Sloan, tratando de mantener la calma—. No sabía que tendría que decidir quién me acompañaría al...

La mirada de Sloan se posa en un árbol de jade situado en el centro de una mesa cercana llena de suculentas, y la imagen hace que se calle al momento. Con hojas verdes y regordetas en forma de lágrima que se expanden desde los tallos, la planta es igual a la que Sloan le regaló a su padre un par de años atras.

El recuerdo hace que se le ocurra una idea emocionante. Una idea mal concebida y potencialmente imprudente, pero emocionante al fin y al cabo.

—*Mierda* —susurra.

Todd la mira.

—¿Qué pasa?

Se pone a pensar a toda velocidad en busca de la primera mentira piadosa que se le ocurra.

—Se me ha olvidado algo en el trabajo y tengo que ir corriendo a Dorothy's...

—¿En serio? —dice Angela con la boca abierta—. ¿Y las flores? ¿Estás segura de que quieres las azules y amarillas...?

—Sí. —Sloan empieza a alejarse de los tres, cuyos rostros muestran diversos grados de sorpresa.

Todd, exhausto, da un paso adelante. Sabe que en el restaurante en el que trabaja su prometida no hay nada que la obligue a dejarlo todo y presentarse así.

—Al menos deja que te lleve en el auto.

—Pero si has venido en bicicleta desde el trabajo —contesta Sloan.

Todd se acuerda de que tiene razón.

—No pasa nada. —Sloan abre la puerta de la florería para salir—. Nos vemos en casa dentro de treinta minutos.

Con la adrenalina corriéndole por las venas, Sloan se dirige a la antigua casa de su padre antes de que la razón se imponga y cambie de opinión.

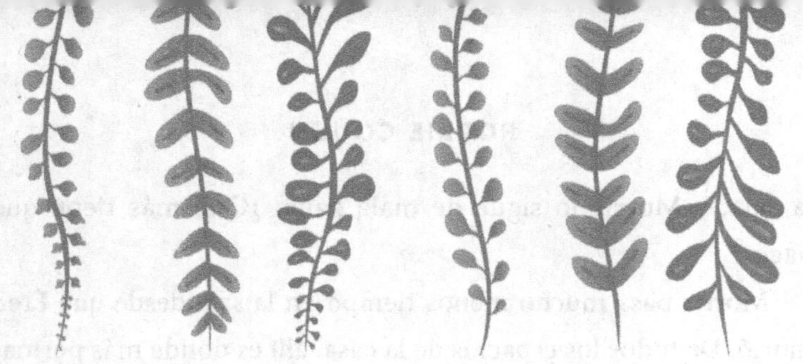

CAPÍTULO 3

Morris

DURANTE AÑOS, LA PRINCIPAL QUEJA de Morris sobre su marido era que Fred tenía demasiadas *cosas*: demasiadas chaquetas de punto casi idénticas en el armario, demasiados adornitos acumulando polvo, demasiados abrelatas olvidados enterrados en el fondo de los cajones de la cocina.

Así pues, mientras se encuentra junto a la mesa del comedor —que había sido el cementerio de todas las cosas a las que Fred «les encontraría un sitio después», pero que nunca lo hizo— le sorprende que lo entristezca ver la superficie tan impecable. El único objeto que queda es su propia agenda, abierta en el mes de mayo, lo que hace que se sienta peor aún, ya que solo hay un evento social anotado. De todas formas, lo más probable es que Morris no vaya al autocine.

Morris oye un maullido y mira hacia abajo.

—¿Qué? —le pregunta a Rascal, el gato negro que hace honor a su nombre por ser un travieso—. No puede ser que ya tengas hambre otra vez. —Rascal, ofendido, se da la vuelta y trota hacia la sala, y Morris lo sigue de mala gana. ¿Qué más tiene que hacer?

Morris pasa mucho menos tiempo en la sala desde que Fred murió. De todos los espacios de la casa, allí es donde más permanecen las huellas de Fred, al menos en la mente de Morris. Ahora está tan ordenada como cualquier otra habitación, salvo por la colección de libros de historia de Morris. Pero, a pesar de la falta de espacio en las estanterías que hace que los *bestsellers* de Bob Woodward estén en el suelo, el nivel de desorden de la sala es muy diferente al de hace un año.

Fred era famoso por dejar los zapatos sobre la alfombra en vez de junto a la puerta, lo que no habría sido un gran problema si no hubieran estado cubiertos de barro después de que se pasara las primeras horas de la mañana observando aves. También solía mantener un rompecabezas a medio hacer sobre la mesa de centro. Fred se sentaba en el mismo sitio del sofá para completarlo todas las noches mientras Morris y él veían *Jeopardy!* juntos.

—Tu respuesta no es más correcta por gritarla más fuerte —le recordó Morris una vez, convencido de que los habitantes de Chicago debían de haber oído los gritos de Fred sobre la dinastía Shang desde el otro lado del lago Michigan.

Pero incluso en la habitación donde quedaban más huellas de Fred, el rincón de la ventana que da a la calle, concretamente, continúa siendo el lugar feliz de Fred. Y hasta que el lugar feliz de Fred no resulte tan triste, Morris seguirá evitándolo.

No obstante, es el sitio más acogedor de la casa, hasta Morris lo admitiría. Una ventana de tres paneles sobresale hacia el jardín delantero, creando un banco de madera empotrado donde Fred colocaba las plantas. Debía de haber al menos una docena cuando murió, pero ahora solo quedan dos. Está la vieja, con hojas altas y estrechas, que Fred compró para la casa poco después de que se mudaran juntos, y la valiente y más pequeña, con hojas de color rojo intenso. Pero no le pregunten a Morris qué tipo de plantas son; enseñó Historia de Estados Unidos a estudiantes de secundaria durante treinta años, no Biología.

A estas alturas, Morris está convencido de que la alta y la roja son inmortales, ya que han sobrevivido a todas las demás durante los últimos seis meses de cuidados esporádicos que rozan el abandono. No es que Morris *quiera* matar a las plantas de interior de Fred, es solo que, al parecer, no tiene suficiente mano para mantenerlas vivas, sobre todo cuando preferiría estar en cualquier otro sitio que no fuera junto a la ventana que da a la calle.

En cuanto Morris ve a Rascal dormitando en el respaldo del sofá, se acuerda de que no tiene ningún motivo para haberse arrastrado hasta aquí salvo las exigencias de un gato descontento. Así pues, se da la vuelta con un suspiro y se dirige al cuarto de baño, donde los dedos de los pies se le pegan ligeramente al suelo de baldosas frías, y luego mira a su némesis: la báscula. Al parecer, según su médico, debería subirse a ella más a menudo, así que lo intenta. Los números digitales suben y bajan como si estuviera jugando a un juego de feria antes de mostrar un resultado insatisfactorio. Morris se baja y se queja del peso del agua, como si pronunciar la excusa en voz alta la volviera de alguna manera correcta. Es casi tan absurdo como pensar que cuanto más alto se griten las respuestas en *Jeopardy!*, más correctas son.

Se gira hacia el espejo y observa al anciano que le devuelve la mirada. Ha aceptado que una selfi hecha hoy encajaría a la perfección en la definición de «viejo» del diccionario Webster. Se alisa el pelo blanco como la nieve y se sube las gafas marrones que descansan en la punta de la nariz. Morris se da cuenta de que los pelos de la nariz se han vuelto aún más rebeldes. Si Fred estuviera aquí, no pararía de insistirle para que se comprara una maquinilla nueva.

Nota una mirada atenta que proviene de la puerta y se gira para encontrar a Rascal mirándolo fijamente.

—¿Qué quieres, dormilón?

Morris oye música a todo volumen y neumáticos frenando en el exterior. Da por hecho que es un vecino que llega a su casa, hasta que el golpe cercano de la puerta de un auto cerrándose le confirma que hay alguien en su camino de entrada. Morris sale del baño y estira el cuello con cautela para ver el jardín delantero. Parpadea varias veces, sorprendido, porque seguro que no puede ser la hija menor de Fred la que se está dirigiendo hacia el porche.

Lleva sin ver a Sloan desde el funeral. De hecho, no ha visto a ninguno de los Hopperbot desde entonces. Sloan llama a la puerta principal antes de que Morris pueda creer lo que están viendo sus ojos.

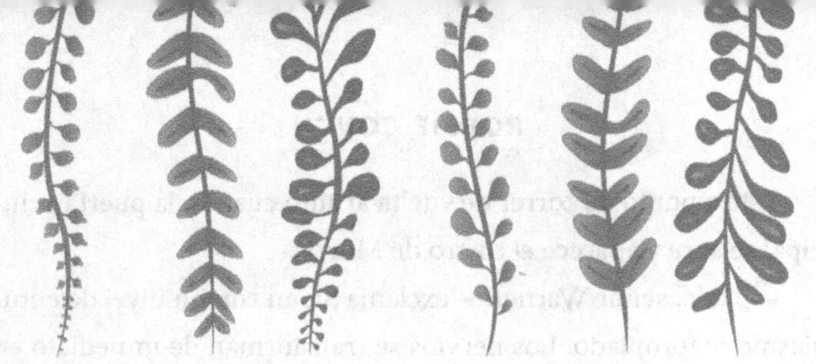

CAPÍTULO 4

Sloan

SLOAN SE ENCUENTRA EN LO que había sido el porche de la casa de su padre mientras el pánico empieza a apoderarse de ella. Rara vez venía a esta casa cuando Fred estaba vivo, así que no le dio mucha importancia a que esta fuera la primera vez que volvía desde su muerte. Pero mientras se le acelera el corazón y sus ojos reprimen las lágrimas por segunda vez en la última hora, se da cuenta de que igual debería haberlo hecho.

—¿Qué demonios estoy haciendo? —murmura, mirando a su alrededor con ansiedad.

Por no hablar de que su familia detesta a Morris y de que es más probable que el infierno se congele a que Beth apruebe que la acompañe al altar. En los cinco minutos transcurridos desde que a Sloan se le ocurrió el brillante plan de pedírselo a Morris, no había considerado si él *querría* siquiera formar parte de la ceremonia... o asistir a la boda en general.

Esto es una locura. ¿Es demasiado tarde para salir corriendo?

Está a punto de correr de vuelta al auto cuando la puerta principal se abre y aparece el rostro de Morris.

—¡Hola, señor Warner! —exclama Sloan con un nivel de entusiasmo inapropiado. Los nervios se transforman de inmediato en vergüenza—. O sea —intenta aclarar a medida que se le sonroja la cara—, hola, Morris.

Técnicamente, son la misma persona. Pero el *señor Warner* fue su profesor de Historia de Estados Unidos en la secundaria y *Morris* es el viudo de su difunto padre. Hay una pequeña diferencia.

Por suerte, a él no parece importarle.

—Hola, Sloan —dice—. Qué grata sorpresa.

Al menos se acuerda de cómo se llama.

La voz de Morris es mucho más suave de lo que la recuerda de clase. Incluso parece mayor que hace unos meses, en el funeral. Debería haber tomado más tiempo que los mechones castaños se le pusieran blancos y que las arrugas de la cara se le acentuaran como lo han hecho. Además, está en pijama, lo que contrasta bastante con el traje y la corbata que llevaba la última vez que Sloan lo vio junto al ataúd. Por otro lado, ¿siempre había sido tan bajito?

Sloan espera a que la invite a entrar, pero no lo hace.

—Perdón por... ya sabes... —dice—, haber aparecido así sin más.

—No te disculpes. —Morris sonríe—. ¿Qué te trae por aquí?

A Sloan le da un vuelco el estómago ante la incomodidad de la situación. Ahora que está pensando con más claridad, se da cuenta de que no puede ser sincera sobre por qué está de repente en su porche. Pero, al menos, puede decir una verdad a medias.

—Puede que esto suene raro —empieza—, pero estaba en la Fábrica de las Flores y estar allí me recordó a mi padre. Ya sabes lo mucho que le gustaban las plantas.

Morris asiente.

—Entonces pensé: *Me pregunto cómo estará Morris* —continúa—, y... *voilà*. —Sloan hace una reverencia incómoda—. Aquí estoy.

¿Aquí *está*?

Sloan no podría hacer esta interacción más bochornosa ni aunque lo intentara.

—No quiero molestar —se apresura a añadir—. Si no es un buen momento, puedo volver...

—No molestas, Sloan —la interrumpe Morris—. Me alegra verte. —Abre la puerta y aparta a Rascal con el pie descalzo para que ella entre—. Pasa, por favor.

Sloan entra y se quita los zapatos. A pesar de que no ve más allá del vestíbulo, siente lo mucho que pesa la ausencia de su padre en la casa. Sloan mira el celular y lee un mensaje de Todd: «Ahora que no estoy con tu madre ni con tu tía, ¿me puedes decir adónde has ido DE VERDAD?».

—¿Te apetece algo de beber? —pregunta Morris.

Sloan se guarda el celular en el bolsillo.

—Claro. ¿Un vaso de agua, supongo?

Morris se dirige a la cocina con Sloan detrás, pero ella se queda paralizada de la sorpresa cuando cruza la sala.

—*Vaya* —susurra al tiempo que recorre la habitación con la mirada—. ¿Se muda, señor Warn... *Morris*?

—¿Eh?

Sloan se aclara la garganta.

—¿Vas a vender la casa?

—No —responde Morris desde la cocina—. ¿Por qué?

—Por nada.

Pero la razón es que la mitad de las cosas que Sloan recuerda de la sala ya no están. Las dos sillas iguales han desaparecido, lo que le da un aire especialmente solitario al pequeño sofá. La mesa de centro, que siempre reflejó la vida de su padre jubilado (libros de fotografía de naturaleza, fotos enmarcadas de Sloan y sus hermanos, rompecabezas y más), ahora está vacía, salvo por una taza sobre un posavasos. Y todos los cuadros de la pared también han desaparecido. Hay más libros de los que recuerda, como demuestran las pilas de ejemplares de tapa dura apiladas contra la pared, pero eso es todo.

Tener menos cosas tiene sentido desde un punto de vista práctico, supone Sloan, ya que una sola persona bajo un techo necesita menos cosas que dos. Y no es que esta casa guarde una plétora de recuerdos felices para Sloan, quien puede contar con los dedos de una mano las veces que ha estado aquí. El noventa y nueve por ciento de las ocasiones, Fred visitaba a su «antigua» familia en *sus* casas por razones obvias relacionadas con los Hopperbot. Y, aun así, ver la estructura estéril y sin vida de la casa delante de ella le produce una cantidad inesperada de tristeza.

La última vez que Sloan estuvo aquí, había tantas plantas de interior desérticas apiñadas en el rincón que habría sido difícil encontrar espacio para una maceta más. Como gran aficionado de las suculentas, Fred prácticamente había creado un pequeño Parque Nacional de Joshua Tree para que los transeúntes lo admiraran desde la acera. En la cabeza de Sloan, la imagen del *antes* hace que la del *después* sea aún más deprimente.

Rascal se frota contra los tobillos de Sloan.

—¿Dónde ha puesto todas las plantas de mi padre? —le susurra al gato, que está demasiado ocupado ronroneando como para responder.

Sloan mira por la ventana. Más allá del jardín delantero y al otro lado de la calle, la superficie brillante del lago Michigan se funde con el cielo. No es de extrañar que Fred dijera que este era su rincón favorito de la casa. Incluso ahora, con una deprimente falta de plantas, las vistas son impresionantes.

«Los azules son más azules aquí arriba», recuerda que le dijo una vez su padre mientras contemplaban el horizonte desde este mismo rincón. Sloan no está segura de si la frase se la inventó su padre o si se la robó a alguien, pero se le quedó grabada. Había algo mágico en esas palabras. O igual la magia residía en que venían de su padre.

—He bajado bastante el nivel de cosas los últimos meses —dice Morris mientras cruza la sala—, si te referías a eso.

Sloan se gira hacia él.

—Antes tenías dos sillas aquí, ¿verdad? ¿Y todos esos cuadros en las paredes? —Agarra el vaso de agua que le ofrece.

—Siempre he sido más minimalista que tu padre —admite Morris.

Sloan piensa.

—La verdad es que tenía muchas cosas.

Más allá de Morris, en un rincón oscuro de la habitación, Sloan ve lo que la ha impulsado a venir en un principio. Y casi de inmediato se arrepiente de haberlo hecho.

—El árbol de jade —dice, incapaz de ocultar la tristeza en su voz. Ahí está, de camino a una muerte nada agradable en el fondo de una estantería.

Sloan se acerca a la planta y se agacha para evaluar los daños. Las hojas se están poniendo amarillas y arrugando como pasas. Muchas ya se han desprendido del tallo. Sumado a la sequedad de la tierra, Sloan sospecha que la planta no ha visto una gota de agua en meses. Las plantas desérticas están diseñadas para la sequía, pero incluso las suculentas tienen un límite.

—*Rayos* —dice Morris, que parece sorprendido al ver el mal estado de la planta.

Sloan agarra la maceta con cuidado.

—¿Puedo? —pregunta mientras señala con la cabeza en dirección al rincón.

—Claro.

Coloca el árbol de jade frente a la ventana, donde el sol le ilumina las frágiles ramas.

—Pobrecita —dice Morris sintiendo remordimiento.

—Creo que todavía puedes salvarla —indica Sloan, que acomoda la maceta para que quede justo en el centro entre la sansevieria y la suculenta de fuego que están sobre el banco—. Necesita agua, eso sí, pero probablemente no tanta como crees. Es desértica, así que se ahogará con facilidad.

—De acuerdo. —Morris parece decepcionado consigo mismo—. Se suponía que debía irse con Elisa.

—¿Elisa Nickels? —pregunta Sloan, recordando a la única Elisa que conoce—. Oí que ahora es profesora de Ciencias en la Secundaria Coral Cove.

Morris asiente.

—Estaba reduciendo el número de cosas después de que muriera tu padre, y me dijo que podía usar sus plantas para su clase de Biología. —Suspira—. Creo que la puse ahí mientras movía cosas y se me olvidó dársela con las demás.

Sloan mira las otras dos plantas que hay junto a la ventana.

—¿Por qué te has quedado con esas dos?

—Esa era un lío moverla —responde Morris, refiriéndose a la sansevieria. Su mirada se dirige a la suculenta de fuego—. Y Elisa ya tenía una planta de ese tipo en el aula (se me ha olvidado cómo se llama), así que prefirió no llevársela.

Sloan asiente.

—Bueno, no te preocupes. Como he dicho, creo que se puede recuperar.

Se queda mirando el árbol de jade y recuerda lo pequeño que era cuando lo compró hace dos años en la Fábrica de las Flores. Sloan duda que Morris se acuerde siquiera de que fue un regalo que le hizo a su padre.

El silencio empieza a apoderarse de la habitación, y Sloan no tiene ni idea de hacia dónde dirigir la conversación. ¿Qué se esperaba? Aparte de algunas reuniones familiares en las que apenas se saludaban, la relación de Sloan con Morris se reduce a los dos semestres incómodos en los que le enseñaba el mismo hombre con el que había tenido una aventura su padre casado. ¿De qué tema es seguro hablar en esta situación tan delicada? ¿Del tiempo?

—Disculpa —dice Morris antes de escabullirse hacia su habitación. Está claro que también se siente incómodo.

La curiosidad vence a Sloan una vez que Morris desaparece de su vista. Así pues, se cuela en la cocina para ver qué otras cosas de la casa han acabado en la guillotina desde que murió su padre.

—¿Qué? —le susurra Sloan a Rascal, que la mira fijamente—. Solo estoy echando un vistazo...

El gato le maúlla.

Sloan deja el vaso de agua sobre la mesa del comedor y una anotación en la agenda de Morris le llama la atención. No es que ir a ver *Los Goonies* el fin de semana siguiente sea algo tan relevante (aunque a ella le encanta el autocine de Coral Cove), sino que ir al cine es el único compromiso que Morris tiene en el calendario para el resto del mes. Sloan pasa la página y descubre que, aparte de una cita con el dermatólogo en Grand Haven, junio también está libre. Asimismo, Julio está completamente vacío, salvo la tarde que va a recoger a Nicholas al aeropuerto, sea quien sea. Curiosamente, coincide con su boda.

Sloan oye a Morris regresar de su habitación. No quiere que piense que es una entrometida (aunque lo sea), así que se apresura a dejar la agenda abierta por mayo otra vez, se bebe el agua de un trago y deja el vaso vacío en el fregadero.

—Me tengo que ir, señor War... *Morris* —dice mientras vuelve a la sala—, pero gracias por dejarme pasar.

Pero un aroma en el aire la calla de inmediato. Es la colonia de su padre; la misma que usó durante décadas. La pilla tan por sorpresa que tarda un momento en darse cuenta de que ha sido Morris quien se la ha echado. Está de pie delante de ella con el pequeño y familiar frasco en la mano.

—Huele igual que él —dice—, ¿verdad?

Tal vez sea porque, con Beth y con sus hermanos emocionalmente inmaduros, Sloan no ha podido llorar la muerte de su padre lo suficiente en los últimos seis meses, o tal vez sea porque Morris acaba de transformarse ante sus propios ojos y ha pasado de ser el monstruo del que Beth le había estado advirtiendo a ser una persona real. Pero, sea como sea, Sloan no sabe cómo responder.

—Toma —dice Morris, y le extiende la mano.

Sus ojos se mueven a toda velocidad entre Morris y el frasco.

—¿Estás seguro?

—Por supuesto —asegura—. A tu padre le gustaría que sus hijos la tuvieran.

Sloan traga saliva, le da las gracias a Morris y agarra la colonia antes de dirigirse a la puerta. Morris la sigue hasta el vestíbulo.

—Perdón otra vez por lo de la planta, Sloan —dice con timidez mientras ella se pone los zapatos—. Era la favorita de tu padre porque se la regalaste tú, así que seguro que me está regañando ahora mismo.

Sloan, sorprendida de que Morris lo recuerde, siente un vuelco en el corazón.

—Tengo que confesarte algo —suelta sin poder evitarlo.

Morris frunce la frente.

—He visto tu agenda en el comedor —dice y hace una mueca—. No estaba husmeando, te lo juro, solo estaba... ahí. Abierta.

—No pasa nada.

—Yo también voy a ver *Los Goonies* en el autocine. —En realidad no, pero podría—. ¿Quieres que te lleve?

—Ah. —Morris parece inseguro—. Es un detalle de tu parte ofrecerte.

—No es nada.

—Pero voy con unos amigos.

—¿El Club de Cine Plateado? —pregunta Sloan, recordando que su padre le había explicado que el grupo se llamaba así por el color de pelo que tenían.

Morris asiente.

—Bueno, no vivo muy lejos. Y, de todas formas, cuando lleguemos puedes dejarme por tus amigos más *cool*. —Sonríe.

Morris se lo piensa lo justo para que Sloan decida por él.

—Genial —dice mientras camina hacia el porche marcha atrás antes de que Morris pueda corregirla—. ¡Te recojo a las ocho!

Para no ser una persona impulsiva, Sloan ha tenido un día bastante impulsivo.

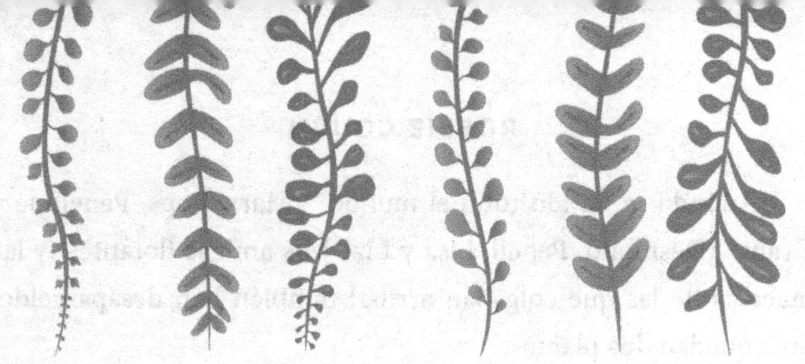

CAPÍTULO 5

Jade

EL CALOR DEL SOL ME envuelve las hojas como si me abrazara, y por mi maceta empieza a fluir una energía renovada. No me sentía tan viva desde que Primer Sapiens… bueno, estaba vivo. ¿Cómo era posible que mis raíces estuvieran tan equivocadas? Estaba convencida de que no iba a sobrevivir la noche.

Estoy tan atónita como aliviada.

El mismo mundo me recibe desde fuera, donde el río negro de cemento atraviesa la casa de los *sapiens* al otro lado del cristal. Los autos circulan por él liberando gases tóxicos y, si están de mal humor, algún que otro bocinazo. He estado alejada tanto tiempo que hasta he echado de menos los bocinazos. Más allá de la orilla opuesta, la tierra desciende en una pendiente hasta ser engullida por el mar sin sal. Incluso una criatura del desierto como yo es capaz de apreciar su majestuosidad.

Aunque me alegra ver que las vistas del exterior no han cambiado, me doy cuenta de que mi entorno sí lo ha hecho, y una ola de preocupación reemplaza el alivio al momento.

¿Adónde se ha ido todo el mundo? ¿Mary, Pops, Penelope y Grant? ¿Desmond, Pencil, Lisa y Liz? Mis amigas flotantes (y las macetas de las que colgaban arriba) también han desaparecido. Solo quedan dos plantas.

—Hola —le digo a Blaze—. He vuelto.

Blaze está en una maceta blanca al norte. Como brotó un año antes que yo, tiene los tallos más gruesos y las raíces más profundas, pero por lo demás nos parecemos bastante. Excepto por el color. Las hojas rojo rubí de Blaze lo convierten en el favorito de los *sapiens*, y lo sabe.

Blaze, absorto en su propia belleza, se sobresalta.

—*Guau*.

—¿Qué?

—Tienes mala cara.

Pondría los ojos en blanco si los tuviera.

—Tú también tendrías mala cara si hubieras estado recluida en ese rincón oscuro tanto tiempo como yo.

—¿*Ahí* has estado? —pregunta—. ¿Hay alguien más por ahí?

—No —interviene Valeria desde el otro lado de la ventana—. Se llevaron al resto.

Sus hojas verdes y sedosas con vetas de color lima están más altas de lo que recuerdo. Hace seis meses, todavía no llegaban al borde de la ventana cerrada como ahora. Su enorme maceta azul me recuerda lo mucho que le han crecido las raíces. Valeria, que lleva más tiempo viviendo con Primer y Segundo Sapiens, es la mayor de todas las plantas de interior de la casa.

—Me alegra que estés de vuelta, Jade —dice.

No obstante, su frialdad sugiere lo contrario.

—¿Estás bien?

—¿No has oído lo que acaba de decir? —pregunta Blaze—.

Segundo Sapiens ha regalado todas las plantas, incluyendo a Seraya.

Miro el espacio vacío que hay junto a Valeria, donde su hija, Seraya, había vivido toda su corta vida. Brotó de un esqueje de Valeria hace más o menos un año, y era testaruda, estrafalaria, amable e inteligente, igual que su madre. Ahora, su maceta brillante ha desaparecido.

—Es cierto —dice Valeria—. Segundo Sapiens te mandó a la esquina y a mi Seraya a un auto, mientras que Blaze y yo nos quedamos donde estamos.

Mis esperanzas se desvanecen aún más ante la tristeza de su voz. No es propio de Valeria ser tan desalentadora, pero no debería juzgar su estado dolido. Yo ni siquiera he tenido una madre, así que el dolor por la ausencia de una hija me resulta incomprensible.

—Lo que quiere decir —añade Blaze—, es que no te acomodes demasiado, Jade.

—*Blaze* —lo regaña Valeria.

—¿Qué? —replica—. No nos queda mucho tiempo. Segundo Sapiens solo nos ha regado una vez desde que Jade se fue.

Estaba tan aliviada de seguir viva que no me había dado cuenta de que la tierra de Blaze estaba particularmente reseca. Y si bien las hojas de Valeria han crecido, también se han marchitado de manera considerable. Parece que Segundo Sapiens no solo me abandonó a mi suerte, sino que, además, ha hecho un pésimo trabajo a la hora de mantener con vida a estas dos.

Sin embargo, su pesimismo es prematuro.

—No creo que tengas razón —contesto.

—Ah, ¿sí? —replica—. ¿Y por qué?

—Yo sabía que iba a morir hoy —explico—. Lo sentí en las

raíces. Pero la chica *sapiens* que me ha salvado... —Noto un cosquilleo en los tallos solo de pensar en ella—. ¿Ha estado aquí antes?

—Sí —responde Valeria—, pero muy pocas veces.

—La chica *sapiens* fue quien te trajo —cuenta Blaze.

—¿En serio? —pregunto, sorprendida. Sabía que había algo especial en ella.

Valeria asiente con la punta de una hoja.

—Recuerdo el día que llegaste siendo un pequeño brote. Ella te salvó de la Fábrica de las Flores.

Mis raíces vuelven a vibrar mientras imagino sus iris grandes y coloridos y la suave caricia de sus dedos contra mi maceta. Parece que la chica *sapiens* me acaba de salvar por segunda vez. ¿Habré malinterpretado los mensajes de mis raíces antes? A lo mejor su zumbido significaba que hoy iba a ser el día que me *rescatarían*, no que acabaría destruida, todo gracias a ella.

Dudo que me haya salvado sin motivo.

—Yo no voy a rendirme —sentencio—. Creo que nos pueden regar antes de que sea demasiado tarde. Solo necesitamos un plan.

Espero que Valeria me apoye, pero se queda callada.

Blaze, sin embargo, suelta un bufido desdeñoso.

—Nos vamos a morir aquí, Jade, te guste o no —dice—, y siento decirlo, pero por como están tus hojas, lo más probable es que seas la primera en morir.

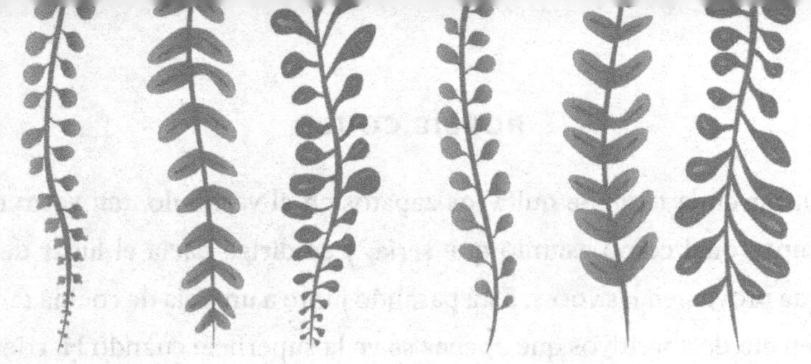

CAPÍTULO 6

Sloan

SLOAN SE INCLINA SOBRE EL volante y, con los ojos entrecerrados, mira la nueva McMansion de su hermana Harriet desde el sendero de entrada. No sabe qué odia más: las llamativas columnas al estilo griego o los ladrillos color diarrea.

Sloan desvía la mirada hacia el portavasos del auto, donde su vapeador le ruega que le dé una calada, pero se resiste a la tentación. Por mucho que le gustaría pasarse la tarde flotando como una cometa, la última vez que estuvo fumada en una reunión familiar la regañaron por cortar el pastel antes de cantarle el cumpleaños feliz a la abuela. Así que no debería tentar a la suerte otra vez.

—*Mierda* —murmura al acordarse de que se le ha olvidado comprarle un regalo a Stephen cuando volvía a casa del trabajo.

Así pues, llega tarde *y* se le ha olvidado el regalo. Harriet va a estar encantada.

Sloan cierra los ojos, respira hondo un par de veces y se recuerda a sí misma que la paciencia es una virtud antes de salir del auto y entrar en la casa. Se quita los zapatos en el vestíbulo, tan vasto e impersonal como asumió que sería, y se dirige hacia el lugar del que provienen las voces. Está pasando junto a una isla de cocina tan repleta de aperitivos que apenas se ve la superficie cuando Harriet aparece de repente desde una despensa del tamaño de un estudio.

—Mira quién ha aparecido por fin —dice, y deja que los varios tarros de mantequilla de cacahuete que lleva en los brazos se desparramen sobre la encimera.

La gente suele pensar que ambas hermanas se parecen mucho, y Sloan está de acuerdo. Harriet es solo siete centímetros más alta, cuatro kilos más delgada y viste ropa bonita, como el vestido vaporoso de flores que lleva ahora. Sloan, en cambio, lleva la misma camiseta del trabajo, que tiene una mancha del niño pequeño que le tiró salsa ranchera hace dos horas. La juventud es la única ventaja que Sloan tiene sobre su hermana en cuanto a los cánones de belleza convencionales, pero, aun así, no es mucha. A sus treinta y dos años, Harriet le lleva siete años a Sloan, aunque la mayoría de la gente asume que la diferencia es mucho menor. No, no es una competición, pero alguien debería decírselo a Harriet.

—Perdón por llegar tarde —dice Sloan—. Mi supervisor me pidió que me quedara más tiempo por la hora pico del almuerzo.

—¿Los restaurantes tienen supervisores?

Sloan se queda mirando a Harriet para descifrar si está siendo desagradable a propósito o si se está volviendo a manifestar su clasismo de oficinista.

—A ver —comienza Sloan, incapaz de saberlo—, dado que trabajo en un restaurante y tengo un supervisor... ¿sí?

Harriet rodea a Sloan con los brazos.

—Calla, era una broma. —Da unos abrazos sorprendentemente buenos para ser una mujer delgada y con una personalidad tipo A que no ha ido nunca a terapia.

Harriet da un paso atrás y en su rostro aparece una sonrisa pícara. Sloan se sorprende gratamente de que se haya dado cuenta.

—¿Lo hueles? —pregunta.

Harriet parpadea en silencio.

—¿El qué?

—La colonia de papá. —En el auto, Sloan se echó un poquito del frasco que le dio Morris en el cuello.

Harriet parece más confundida que otra cosa.

—¿Ahora llevas colonia de hombre? —Se le desvanece la sonrisa—. Porque, después de la comida del mes pasado, Josh dijo que estabas entrando en tu etapa marimacho. No estuve de acuerdo, porque siempre has estado en una especie de etapa marimacho, pero... ¿a lo mejor tiene razón?

Sloan suspira.

—Me daría igual si lo estuvieras —miente Harriet—, solo para que quede claro.

Sloan no iba a contarle a Harriet que había visto a Morris, aunque Harriet le preguntara cómo había conseguido la colonia favorita de su padre. Sin duda, no iba a soltar esa información ahora y arriesgarse a que el cumpleaños de Stephen se convirtiera en un escándalo familiar.

Harriet y el hermano de Sloan, Paul, también tuvieron a Morris como profesor de Historia de Estados Unidos. Pero, a diferencia de Sloan, ellos asistieron a su clase en la época anterior, cuando Morris era el señor Warner y *solo* el señor Warner. Sí, enterarse de que uno de tus profesores favoritos de la secundaria tenía una aventura con tu padre casado no es lo ideal. Pero, aun así, Harriet y Paul lo tuvieron más fácil que Sloan, quien se vio obligada a cursar la clase obligatoria de Morris el año *después* de que se descubriera el adulterio de Fred.

Para su sorpresa, Sloan acabó disfrutando de la clase de Morris. No obstante, no disfrutaba del elefante en la habitación que la acompañaba a diario. Porque toda la clase estaba al tanto de que su padre se había acostado con el profesor que les enseñaba sobre Stalin. Y si bien Sloan no sufrió acoso escolar como tal, sí que recibió más de una risita y mirada indiscreta en el pasillo durante esos semestres.

—Si no es la colonia, ¿por qué me estabas sonriendo de esa forma tan espeluznante? —pregunta Sloan—. ¿Estás embarazada otra vez?

Harriet pone los ojos en blanco y señala a su alrededor.

—La casa nueva. ¿Qué te parece? Sé que tienes opiniones...

Y no le falta razón.

Sloan mira a su alrededor mientras hace todo lo posible por parecer entusiasmada. La cocina parece algo diseñado por Joanna Gaines después de emborracharse y decidir que iba a hacer grandes cambios.

—Es bonita —dice Sloan con la voz un tono más agudo de lo normal. Ve la lámpara de araña de la que Harriet no paraba de hablar y que se parece aún más a unos genitales que en las fotos de internet—. Me encanta la estética.

Harriet observa el rostro de su hermana durante un instante antes de volver a mirar las etiquetas de la mantequilla de cacahuete.

—Menos mal que cambiaste de opinión sobre la escuela de teatro, porque eres una pésima actriz.

Sloan estira el cuello para asegurarse de que no haya nadie alrededor y luego se acerca un paso más.

—¿Mamá te ha contado lo que pasó la semana pasada en la florería?

Asume que sí, pero quiere estar segura. Como la oveja negra de los Hopperbot, Sloan es muy consciente de cómo corren los rumores, sobre todo en las reuniones familiares.

—La florería… —Harriet vuelve a clavar la mirada en Sloan—. ¿Fue ahí donde tuviste la crisis? Palabras de mamá, no mías.

¿Por qué se sorprende Sloan?

—Pues claro que lo ha descrito así.

—¿Por qué? ¿*No* perdiste la cabeza en la Fábrica de las Flores?

—A ver, estaba molesta —explica Sloan—, pero no *perdí la cabeza*. Mamá y la tía Angela estaban discutiendo sobre quién debería acompañarme al altar.

—¿Y?

La miro con la barbilla bajada.

—¿En serio, Harriet?

—¿Qué? Es *mamá*. Está loca. Deberías saberlo después de compartir el planeta con ella los últimos veinticinco años.

—Ya, pero imagínate estar en mi lugar.

—Estoy bien, gracias —resopla Harriet, entrecerrando los ojos para leer la letra pequeña de un frasco.

—«Anoche tu hermano casi termina detenido por conducir ebrio, lo que me recuerda… ¿por qué no le has pedido todavía que te acompañe al altar?» —continúa Sloan, imitando el tono nasal de su madre—. Así fue como sacó el tema. Luego se mete la tía Angela como si nada y dice que todos asumen que se lo voy a pedir al tío Dick, y toda la Fábrica de las Flores se entera del asunto a partir de ahí…

—¿Dónde demonios dice si es crujiente o extracrujiente? —interrumpe Harriet.

Sloan gira el frasco correcto para que vea bien la etiqueta.

—*Ah*, gracias.

—Ninguna de las dos me preguntó quién quiero que me acompañe al altar —añade Sloan.

—¿Quién quieres que te acompañe?

Sloan hace una pausa.

—No lo sé.

—Elige a Paul —susurra Harriet mientras se encoge de hombros con exasperación—. Que sea sencillo. ¿A quién le importa? —Se apresura a corregirse—. O sea, obviamente, a la gente le importa. *A mí* me importa. *A ti* te importa. Lo único que digo es que no dejes que mamá y Angela te coman la cabeza.

Lo curioso es que, con toda probabilidad, a Sloan *no* le importaría si su madre y su tía no le dieran tanta importancia. Se habría conformado con cualquiera de sus parientes subóptimos durante la ceremonia y habría aceptado que no fuera Fred después de llorar unas cuentas veces en la cama. Pero después de que Beth y Angela se pelearan en la florería y priorizaran su ego sobre sus deseos, elegir entre Paul y el tío Dick le parece una decisión en la que sí o sí saldría perdiendo y que no debería tener que aceptar.

—Sal y saluda a todos —dice Harriet mientras empuja a Sloan. Se dirige hacia la nevera antes de darse la vuelta con una mirada seria—. Y, por favor, no menciones a J. D. Vance esta vez.

Sloan frunce el ceño, confundida.

Harriet se le queda mirando.

—Dios mío, sí estabas fumada en el cumpleaños de la abuela, ¿eh?

Sloan sigue los ruidos a través de la McMansion en dirección al patio trasero. Como es de esperar, Harriet y Josh parecen haber invitado a todos sus parientes vivos, además de a todo el vecindario, al primer cumpleaños de su hijo. Los niños gritan y chapotean en la piscina, a pesar de que solo hace dieciocho grados, y varias decenas de personas se mezclan entre globos y banderines con bebidas en la mano.

Sloan saluda a algunas personas mientras vaga por el lugar en busca de Todd. De repente, ve a Stephen y se agacha para alzarlo en brazos.

—Aquí está mi cumpleañero...

—Y aquí está mi hija tardona.

Sloan se pone de pie con un nudo en el estómago al tiempo que una prima se lleva a Stephen.

—Hola, mamá —saluda mientras abraza a Beth sin mucho entusiasmo.

Es la primera vez que se ven desde la florería. Y si bien han intercambiado algunos mensajes desde entonces, Sloan percibe una frialdad extra en su madre.

—Me alegra que hayas venido —dice Beth, con el pelo canoso recogido en un moño apretado. Lleva un suéter lanudo que dice ¡ABUELA NÚMERO 1! y una generosa capa de maquillaje para disimular las patas de gallo—. ¿Qué tal ha ido el trabajo esta semana?

—Bien. Ocupada. Normal.

—Qué bien. —Hace una pausa—. No llegaste a decirme... cuál fue la emergencia.

—¿Eh?

—¿La emergencia en el restaurante que hizo que te fueras de la florería?

—Ah —responde Sloan, y se encoge de hombros—. Un problema que se me olvidó resolver antes con una cuenta.

Si Sloan quisiera arruinar la fiesta de Stephen, le contaría a Harriet que fue a ver a Morris. Si quisiera arruinar la fiesta de

Stephen *y* todas las reuniones familiares hasta nuevo aviso, se lo contaría a Beth.

La madre de Sloan quedó tan devastada como confundida cuando, hace una década, descubrió que su marido, supuestamente heterosexual, estaba teniendo una aventura con Morris. En un pueblo tan pequeño como Coral Cove, no tarda en correrse la voz de que tu padre se está tirando al profesor de Historia de la secundaria. Y cuando estás tan empeñada en seguir el estilo de vida y el estatus de tus vecinos como siempre lo ha estado Beth, las repercusiones sociales por sí solas fueron, sin duda, un punto de inflexión en su vida.

Así pues, Sloan no se ha planteado si debiera contarle a Beth lo de su visita a Morris, porque la respuesta es un no rotundo.

Se siente aliviada cuando Todd aparece para rescatarla de su madre... hasta que ve que Paul le sigue de cerca.

—Hola, cariño —saluda Todd y le da un beso en los labios.

—Hola, cariño —dice Paul también, imitando a Todd a modo de broma.

Se inclina hacia Sloan con los ojos cerrados y los labios fruncidos, pero Sloan aparta la cara desaliñada de su hermano rubio. Él tampoco ha olido la colonia de su padre, o no ha reaccionado al menos.

—Mancha —anuncia Paul, y apunta directamente a los restos de salsa ranchera que hay en la camiseta de Sloan—. Tienes una mancha ahí.

—Gracias, Paul —responde Sloan, molesta.

—De nada.

No es que no quiera a Paul, simplemente no quiere saber nada de él. Al menos no ahora. Según la teoría de Sloan, Paul se ha transformado en un hombre infantil por culpa de sea cual sea la crisis existencial entre los veintitantos y la mediana edad, y no le sienta nada bien. Es competente gestionando el dinero de millonarios, por ejemplo, pero también ha elegido ponerse para el primer cumpleaños de su sobrino una camiseta *vintage* que dice ¿TIENES LECHE? con una mujer casi desnuda con un bigote de leche. Incluso con la camiseta manchada, Sloan se siente demasiado elegante a su lado.

Paul se termina la cerveza de un trago y eructa.

—Mamá dice que perdiste la cabeza en la florería.

—Bueno —murmura Todd en dirección a Sloan mientras le pone una mano en la espalda—, allá vamos…

—¿Qué? —pregunta Paul, que mira a los tres—. No es ningún secreto. Todos estaban allí.

Sloan fulmina a Beth con los ojos, y esta evita la mirada de su hija. Paul habría empezado por lo de acompañarla al altar si Beth le hubiera contado lo que provocó la supuesta crisis. Así que, al menos, Sloan no tiene que lidiar con eso. Aunque, con esta familia, ¿quién sabe? Lo más probable es que se entere antes de que termine la fiesta.

—Ahí está mi tía favorita —comenta Paul, radiante, mientras Angela, con un cambio de imagen recién hecho, sale al patio y lo abraza—. Me preguntaba quién había invitado a Cabeza de Zanahoria…

—*Para* —dice Beth, y le da un golpecito en el bíceps a su hijo.

Puede que el hermano de Sloan sea un cretino, pero incluso ella tiene que reprimir una risa. Atrás han quedado los días del pelo teñido de negro azabache que Angela tenía en la florería; ahora está probando con un rojo anaranjado.

—Es demasiado —dice Angela, y hace una mueca de vergüenza—, ¿verdad?

—No lo bastante.

—*Paul.*

—¿Alguien ha visto a Josh? —pregunta Harriet, sudorosa, al tiempo que aparece junto a Sloan con una bandeja de quesos para las hamburguesas. Negamos con la cabeza. Harriet busca a su marido en el patio con la mirada y suspira—. Probablemente esté escondido con la Switch. Si alguien lo ve, ¿podría decirle que tenía que haber empezado con la barbacoa hace media hora? —De camino a la casa, añade—: Supongo que abriremos los regalos primero.

Todd le da un codazo a Sloan.

—He puesto el nuestro dentro junto a los demás, por cierto —susurra.

Ella lo mira.

—¿Nuestro qué?

—Regalo. —Sonríe Todd, y le da un apretón suave en la espalda.

Sloan sonríe con complicidad.

Llevan juntos el tiempo suficiente como para anticipar y prepararse para los puntos débiles del otro. Hoy ha sido el regalo de Stephen. Ayer fue Sloan llenándole el tanque a Todd para que no se quedara sin gasolina en mitad del estado. Otra vez.

Pero Beth, cuya audición Sloan desea que empiece a deteriorarse como la de cualquier anciano, no está tan impresionada con Todd.

—Ese que he visto dentro debía de ser su regalo... —comenta para intentar captar nuestra atención.

Sloan no se la va a dar, pero Todd pica el anzuelo.

—¿Cómo?

—Su regalo —aclara Beth—. Debe de ser el que tiene el nombre del cumpleañero mal escrito en la tarjeta. —En voz baja, le murmura a Todd—: No es S-T-E-V-E-N. Es la versión con P-H.

Sloan nota cómo se le acelera el pulso.

—Maldita sea —dice Todd con paciencia, y añade una risa forzada—. Sabía que me equivocaría en algo.

—Voy al baño —le comunica Sloan a Todd.

Y por «baño» se refiere a «un lugar en el que pueda drogarse».

Antes de que Beth o Paul puedan hacer algún comentario ingenioso, Sloan deshace sus pasos por la McMansion y sale por la puerta principal. Coge el vapeador del auto y se escabulle por el jardín delantero en busca de un escondite adecuado, tras lo que decide que la sombra de un sauce que hay al costado de la casa le servirá.

Sloan se lleva el vapeador a los labios e inhala, recordándose a sí misma que tiene que ir con calma. No puede permitirse drogarse demasiado, pero tampoco puede permitirse estar demasiado sobria.

—Es la versión con P-H, Todd —se burla de la pretenciosidad de Beth en voz baja, y niega con la cabeza con incredulidad.

Sloan y su madre llevan teniendo más encontronazos de lo normal desde que Beth se convirtió en su organizadora de bodas autoritaria tras la muerte de Fred. Pero Sloan nota que hoy Beth no tiene una mosca detrás de la oreja, sino un enjambre entero, y no está segura de por qué. La tensión en la florería no justifica semejante nivel de mezquindad, más que nada si tenemos en cuenta que Beth no tiene ningún motivo para estar enfadada con Sloan.

La relajación que produce la marihuana empieza a calmarle los pensamientos acelerados. Y mientras levanta el vapeador para darle otra calada, la verdad más profunda aflora: lo único que quiere Sloan es recuperar a su madre.

La madre que tenía antes de la aventura.

Beth siempre ha sido cínica y materialista hasta la médula.

Pero, al menos antes, lo compensaba con un poco de espontaneidad de vez en cuando. Hasta era capaz de mostrar compasión, por absurdo que le parezca a cualquiera que la haya conocido de mayor. Sloan es incapaz de acordarse de la última vez que se rio con su madre, lo que la entristece más de lo que le gustaría admitir.

Sloan oye a alguien doblar la esquina. Se pega a la pared de la McMansion con la esperanza de que la hiedra que trepa por la casa la oculte. Un instante después, oye una chispa seguida del olor a cigarro. Inclina la cabeza para ver quién más necesitaba un respiro de los Hopperbot.

—¿*Mamá*? —dice antes de poder detenerse. Da un paso más hacia el jardín.

Beth se sobresalta al tiempo que su cigarro recién encendido cae al suelo, y se lleva la mano al pecho, conmocionada.

—*Maldita sea.*

Sloan se guarda el vapeador en el bolsillo.

—¿Estás fumando otra vez?

Beth aplasta el cigarro con el zapato.

—¿Te estás drogando otra vez?

Se quedan mirando la una a la otra.

—¿Cuándo volviste a empezar? —pregunta Sloan, atónita por la revelación de su madre.

Beth lleva sin tocar un paquete de Marlboro desde que Sloan iba a secundaria. O al menos, eso creía Sloan.

—¿Acaso importa? —inquiere.

Sloan no puede creer lo que está oyendo.

—Mmm... sí. Claro que importa. Acabo de perder a uno de mis padres, así que me gustaría que el otro estuviera el mayor tiempo posible.

Beth se ríe con desdén.

—Vale.

—¿Vale? ¿Qué se supone que significa eso?

Beth mira al suelo.

—Te entiendo. Pero no estoy convencida de que quieras que esté el mayor tiempo posible.

Sonríe para dar a entender que bromea, pero Sloan sabe que habla en serio. Y con la marihuana nublándole el juicio, decide ir al grano.

—¿Por qué te estás comportando así hoy? —espeta.

La sonrisa de Beth desaparece al instante.

—¿Comportándome cómo?

—Como una niña de primaria.

Beth le resta importancia a la acusación.

—Siempre has sido así. —Suspira mientras niega con la cabeza—. Tan dramática.

—¿Estás enfadada conmigo porque yo me enfadé *contigo* por lo que pasó en la Fábrica de las Flores? —pregunta Sloan—. Porque, de ser así, no tienes derecho a estarlo.

—Increíble.

—Y, por favor, tampoco digas que estás molesta porque Todd ha escrito mal el nombre de Stephen —dice Sloan—. Porque sé que tú también odias cómo se escribe.

—Bueno... sí que lo escribió mal.

—Dime. ¿Qué he hecho para decepcionarte esta vez?

Beth se le queda mirando.

—Me he dado cuenta, Sloan.

Sloan baja la mirada a su camiseta, perpleja.

—¿La mancha? Por Dios, mamá, tu hijo lleva una camiseta inapropiada que dice ¿Tienes leche? y te enfadas porque yo...

—No. O sea, *sí,* claro que he visto la estúpida camiseta que lleva el idiota de tu hermano. Me refiero a la colonia de tu padre.

Sloan se queda paralizada.

Por estúpido que parezca, ni siquiera había considerado el hecho de que Beth también reconocería el olor. Después de que su madre prácticamente prohibiera el nombre de Fred en casa después del divorcio, a Sloan a veces se le olvida que tuvieron un pasado juntos.

—Entonces, si no me equivoco —empieza Sloan—, ¿estás enfadada conmigo porque llevo una colonia en honor a mi difunto padre?

Ambas oyen cómo la puerta principal se abre de golpe.

—Mamá, ¿estás ahí? —grita Harriet desde el porche—. ¡Necesito que me ayudes con los globos de agua!

Beth se endereza y mira a Sloan.

—Este no es el momento ni el lugar para hablar de esto —susurra, y se da la vuelta para irse—. Es como si *quisieras* arruinarle el cumpleaños a tu sobrino.

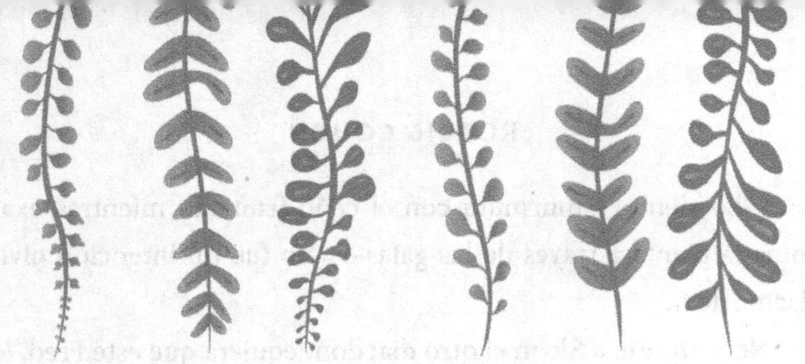

CAPÍTULO 7

Morris

MORRIS MIRA SU RELOJ (LLEGA cuatro minutos tarde) y luego vuelve a mirar la aburrida pintura *beige* de las paredes de la sala. No hacía falta que quitara *todos* los cuadros, se admite a sí mismo.

—Seguro que tú también piensas que me he pasado, ¿verdad? —le pregunta a Rascal, que ronronea a sus pies.

El gato asiente con un maullido.

Morris apenas recuerda haber quitado los cuadros de la pared. ¿Por qué pensaría que el cartón yeso neutro quedaría mejor que lo que había antes?

Está claro que no lo había pensado mucho.

Los últimos seis meses han sido como un borrón desde el momento en que Fred tuvo el derrame cerebral. Apenas unos días después del funeral, Morris arrasó y quitó los cuadros, recogió la ropa de Fred para donarla y regaló las plantas a la clase de Biología de la secundaria de Elisa. Morris ve la que dejó apartada por error y la culpa le oprime el pecho. Se acerca al rincón para verla mejor.

—Lo siento —murmura con el ceño fruncido mientras examina la planta a través de las gafas—. No fue mi intención olvidarme de ti.

No le mintió a Sloan el otro día; dondequiera que esté Fred, lo más probable es que *esté* regañando a Morris por casi matar a su planta favorita.

Se replantea sacar la vieja regadera de Fred que hay debajo del fregadero, pero decide no hacerlo. Ahora que le está dando el sol, parece que el árbol de jade (al menos, así es como *cree* que lo llamó Sloan) ha mejorado un poco. O a lo mejor es que está más iluminado junto a la ventana. Recuerda que Sloan mencionó que los árboles de jade se ahogan con facilidad, así que prefiere no arriesgarse todavía.

—Dijo que debía esperar para regarte —murmura Morris—, ¿verdad?

La planta no responde, pero el maullido de Rascal lo convence de revisarla mañana.

Morris mira su reloj. Seis minutos tarde.

Al igual que las paredes vacías, la zona favorita de Fred también parece no tener alma ahora que Morris ha vaciado todo el rincón menos tres plantas. Tenía el autopiloto puesto, metió cosas en cajas en vez de procesar sus *sentimientos*, como dicen los jóvenes hoy en día. Quizás estaba en estado de *shock*.

Porque se suponía que no tenía que ocurrir así.

Morris debería haber sido el primero en irse. Fred era más joven. Estaba en mejor forma. Tenía amigos, una agenda repleta y un nieto recién nacido, Stephen, al que adorar. A Morris también le encantaría formar parte de la vida de Stephen, por supuesto, pero todo el mundo desea cosas que no puede tener.

Morris no tiene forma de saber si el desdén que siente Harriet hacia él ha perdurado durante la última década o si ha evolucionado hasta transformarse en indiferencia. Pero ella nunca ha hecho el intento de *hablar*, y mucho menos de invitarlo a las reuniones familiares junto a Fred, por lo que asume que es lo primero. Y entiende por qué. Si, al igual que a los chicos Hopperbot, a él le hubieran contado las mismas historias sobre la aventura que eran una verdad a medias, Morris también se odiaría a sí mismo. Teniendo en cuenta su comportamiento, ninguno quiere tener una relación con él, excepto, al parecer, Sloan.

Mira su reloj. Nueve minutos tarde.

Morris recuerda las náuseas que sintió el primer día del curso escolar que Sloan estuvo en su clase. Antes de conocer a Fred, había disfrutado teniendo a Harriet y a Paul como alumnos; la franqueza de Harriet propiciaba muchos debates interesantes y la costumbre de Paul de ser el payaso de la clase era más divertida que otra cosa. Pero tuvo a Sloan en clase *después* de la aventura.

No obstante, las náuseas duraron poco ese día. Se sorprendió gratamente al ver que Sloan parecía no tener ningún problema, si bien lucía aburrida e indiferente, ante el hecho de tener como profesor al hombre acusado de destruir el matrimonio de sus padres. En retrospectiva, todo cobra más sentido. Harriet y Paul tenían unas personalidades tan fuertes y obstinadas (heredadas de su madre, según Fred), que Morris se había preparado para lo peor al conocer a Sloan. Pero Sloan había heredado el carácter apacible de Fred, así que, en términos generales, tenerla en clase no fue tan malo. No era la mejor estudiante *per se*, pero era lista y bastante simpática, sobre todo dadas las circunstancias. Ni Morris ni Sloan mencionaron nunca la aventura, lo que a veces parecía un elefante en la habitación, pero la mayor queja de Morris sobre Sloan era la frecuencia con la que llegaba tarde a clase. Está claro que algunas cosas no cambian nunca. Baja la mirada.

Doce minutos tarde.

¿Existe la posibilidad de que se haya olvidado de él? O a lo mejor simplemente ha cambiado de opinión y no va a venir, después de todo.

Morris no sabe qué pensar de la visita sorpresa de Sloan del otro día, y lo desconcierta que insistiera en llevarlo al autocine. Nunca esperó tener noticias de la familia de Fred, ni siquiera cuando estaba *vivo*, mucho menos muerto. ¿Por qué ahora?

Morris observa el árbol de jade cuando un sonido llama su atención. Se dirige a su habitación con una sonrisa, y ve un mensaje nuevo de Nicholas en la computadora.

«Cerezas de Michigan: ¿son tan buenas como dicen?».

Morris sonríe.

La presentadora del programa de entrevistas que ganó *American Idol* (nunca se acuerda de cómo se llama) entrevistó a *The Golden Bachelor* hace un tiempo. El segmento fue tan cautivador que, cuando Morris se topó con Solteros Experimentados, una página web de citas para personas mayores, se animó a probarla. No tenía muchas expectativas, pero leer los mensajes de un hombre llamado Nicholas le alegra. Y, últimamente, a Morris le vendría bien un poco de alegría. Está pensando en una respuesta ingeniosa cuando oye cómo un auto frena fuera con brusquedad.

Quince minutos tarde.

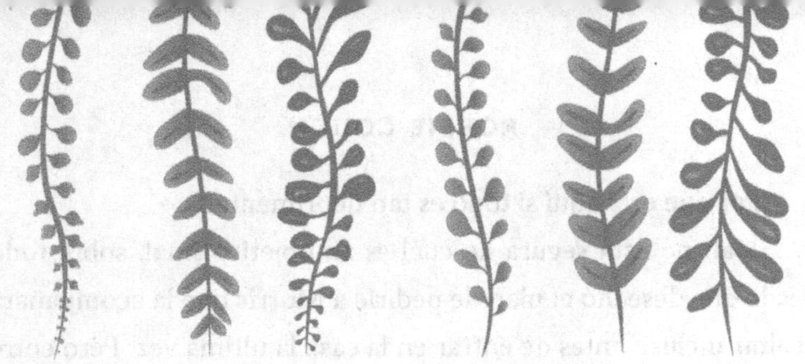

CAPÍTULO 8

Sloan

SLOAN LE ECHA UN VISTAZO al celular (llega quince minutos tarde) y luego a la ventana delantera de Morris. Lo más probable es que el rincón le parezca bonito a un vecino nuevo que pase por aquí, con las tres plantas tomando el sol bajo la luz primaveral, pero es una imagen triste para cualquiera que recuerde el pequeño oasis del desierto que había creado Fred. Con tristeza, Sloan recuerda cómo cada diciembre él colgaba luces blancas a lo largo de los cristales y también exhibía un pueblo navideño en miniatura entre las macetas.

Asume que Morris no va a hacer eso esta Navidad.

Con la mirada, recorre los ladrillos torcidos y el revestimiento desconchado, recordando que la casa lleva décadas perteneciendo a la familia de Morris. Sigue siendo una bonita casa de una planta (y cara hoy en día, con toda seguridad, ya que se ha disparado el precio de los inmuebles en Coral Cove), pero se le nota el paso del tiempo. Su padre adoraba esta casa y la etapa de su vida como hombre gay recién salido del clóset que la acompañó.

¿Por qué está aquí si todo es tan deprimente?

Sloan no está segura de cuál es su objetivo final, sobre todo desde que desechó el plan de pedirle a Morris que la acompañara al altar incluso antes de entrar en la casa la última vez. Pero entre lo insoportable que fue su familia en la fiesta de cumpleaños de Stephen y que Morris le dejara tener la colonia de Fred, Morris le parece el mejor vínculo que tiene con su padre.

Aparece en la puerta con una chaqueta de punto marrón y el pelo peinado y con la raya bien hecha. El aspecto de Morris se parece mucho más al que Sloan recuerda de la secundaria, que el que tenía con la pijama que llevaba en la última visita. Empuja a Rascal con el pie para que no salga, cierra la puerta y se dirige al auto mientras ella tira el vapeador de marihuana a la consola central.

—Hola —dice Sloan, que sacude las migas del asiento del copiloto antes de que se siente—. Perdón por llegar tarde.

—No pasa nada —contesta Morris mientras se abrocha el cinturón.

—Pensabas que no iba a venir, ¿verdad?

—Nunca se sabe.

Sloan retrocede por el camino de entrada y se dirigen al sur bordeando la costa.

—¿Has visto *Los Goonies* antes?

—Uno de los protagonistas es Josh Brolin, ¿verdad?

Sloan lo mira sorprendida y luego sonríe.

—Ha hecho los deberes, señor Warner.

Se le sonrojan las mejillas.

Sabiendo que van con retraso, Sloan acelera para cruzar un semáforo en amarillo y el auto dobla la esquina en un santiamén.

—Por cierto, gracias de nuevo por la colonia —dice, y reduce la velocidad al ver a Morris agarrándose con todas sus fuerzas—. Fue todo un detalle de tu parte.

—No es nada.

—¿Tienes más cosas suyas? —pregunta Sloan.

Tener la colonia de Fred hizo que pensara en qué otras cosas podría haber dejado su padre en la casa. Sloan, Harriet y Paul tienen sus propios álbumes de recortes y recuerdos en los que aparece Fred, pero siente curiosidad por saber qué más podría haber en casa de Morris.

Sin embargo, Morris parece dudar en responder.

—¿Qué? —pregunta Sloan con curiosidad mientras alterna la mirada entre Morris y la carretera.

—Le dije a tu madre en el funeral que Harriet, Paul y tú eran más que bienvenidos a venir a ver sus cosas —responde Morris.

Ahora Sloan entiende por qué se ha mostrado reacio a responder. Está claro que Beth decidió no transmitirles el mensaje a ella y a sus hermanos.

—Ah, ya veo —susurra Sloan, rompiendo el silencio con incomodidad—. Eso lo dice todo.

Suena a algo que haría Beth.

Morris parece ansioso por cambiar de tema.

—¿Qué tal Dorothy's?

A Sloan le sorprende que se acuerde de donde trabaja.

—Nada nuevo, igual que siempre.

—Me encantan los aros de cebolla de allí.

—A mí también. Bueno, me encantaban. Después del aro de cebolla número mil, la novedad empezó a desvanecerse.

—¿Paul se está adaptando bien después de volver de Georgia? —inquiere a continuación.

La pregunta la pilla desprevenida.

—Oh. Sí, está bien.

—Por lo que decía tu padre, parece una buena decisión para él —comenta Morris—, estar más cerca de tu familia y todo eso.

—Yo también lo creo.

—Si no me falla la memoria, Stephen acaba de cumplir un año, ¿verdad? Debió de ser muy especial.

Así que no es solo Sloan. Morris, al parecer, está más interesado en seguir la vida de sus hermanos que ella misma. Sloan se siente culpable; no le sorprendería que a sus hermanos se les haya olvidado el apellido de Morris mientras que Morris bien podría saberse la carta astral de Stephen.

—Espero que no te moleste que te pregunte por ellos —añade Morris con timidez.

—Oh. No. Claro que no —contesta. Aunque la duda de Morris le recuerda que está jugando con fuego.

Sloan siente un nudo en la garganta cuando llegan a la calle Sycamore. Se le había olvidado que la antigua empresa de contabilidad de su padre quedaba de camino al autocine. Lleva sin pasar por allí desde que murió.

—Seguro que echan de menos a tu padre —dice Morris mientras la empresa se va haciendo más pequeña en el retrovisor de Sloan—. ¿Existe la posibilidad de que sigas sus pasos?

—¿Y convertirme en contable?

Morris asiente.

Sloan se ríe.

—Los números no son mi fuerte.

—¿Y cuál es?

—Buena pregunta. —Inhala y se lo piensa—. No tengo ni idea.

Se arrepiente del comentario casi al instante. Porque si provoca una conversación parecida a la que tuvo con una vecina de

Harriet en la fiesta de Stephen, Sloan acaba de abrirle la puerta a una serie de preguntas que revelarán que la primera mitad de su veintena no ha tenido ningún objetivo.

Primero, le preguntará qué estudió en la universidad, y se verá obligada a explicar que dejó la carrera de Enfermería porque, al parecer, la sangre y las vísceras no son lo suyo, igual que los números. Luego, le preguntará por sus aficiones (como si nunca hubiera pensado en explorar sus intereses para ganarse la vida), pero Sloan no está segura de cómo tejer a gancho en el sofá mientras ve documentales de crímenes reales podría convertirse en una carrera profesional.

—Disfruta de tu juventud mientras puedas, y eso incluye pedir los aros de cebolla en Dorothy's —dice Morris—. Ya encontrarás una respuesta con el tiempo.

Sloan sonríe para sí misma, agradecida de haberse equivocado.

Unos minutos después, llegan a la entrada y hacen cola para pagar. Morris intenta darle efectivo, pero Sloan insiste en pagar ella las dos entradas. Una vez entran, aparece la gran pantalla contra los tonos amarillos y rojos del atardecer. Sloan lleva muchos años sin venir, y el estacionamiento extenso y cubierto de césped le parece mucho más grande de lo que recordaba.

—Mi padre siempre me mantenía al tanto de las próximas películas del Club de Cine Plateado —comenta Sloan mientras estaciona despacio—. Me alegra que sigas participando. ¿Todavía lo organizan Diane y Bobby? Se llaman así, ¿no?

Morris asiente.

—Son geniales.

Sloan observa el estacionamiento que tienen delante.

—Le dije a Todd que iría a buscarlo después de dejarte con tus amigos. ¿Sabes dónde ha estacionado tu grupo?

—No. —Morris hace una pausa—. Ah, antes de que se me olvide: felicidades.

—¿Por qué?

—Fred me había contado lo del compromiso.

—Ah. —Sloan se sonroja—. Gracias.

—Es una pena que Fred no pueda estar ahí —dice Morris con una sonrisa triste—. Sé lo ilusionado que estaba por ustedes.

A Sloan se le forma un nudo en la garganta.

—¿Ya han decidido la fecha? —pregunta Morris.

Sloan se queda paralizada. No quiere mentirle al pobre, pero tampoco quiere meter la pata. Pero Morris interviene antes de que a Sloan se le vaya la lengua.

—No pasa nada —dice con dulzura, como si le leyera la mente—. No quiero ser entrometido.

Sloan siente una punzada de tristeza.

—Ahí están —indica Morris, mirando por la ventanilla.

—¿Quiénes?

Morris señala hacia adelante y un poco a la derecha.

—Mi grupo.

Sloan sigue el dedo en busca de Diane o Bobby, pero solo ve pegatinas borrosas en los parachoques y luces traseras.

—¿Dónde?

—El auto azul.

—El auto azul… —Entrecierra los ojos. La mitad de los autos son azules.

—No te preocupes —dice Morris, que abre la puerta del copiloto—. Puedo ir andando.

Sloan ve cómo sale, sorprendida por su brusquedad.

—¿Seguro?

Él se inclina para verla al volante y asiente.

—Pero quieres que te lleve a casa, ¿verdad? —pregunta—. ¿Nos vemos aquí cuando termine la película?

—Me parece bien. —Sonríe—. Gracias, Sloan.

Cierra la puerta y se aleja hasta que lo pierde de vista entre la multitud de autos.

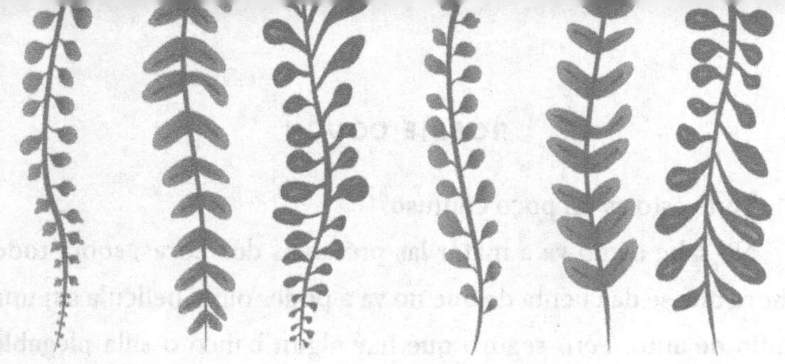

CAPÍTULO 9

Morris

MORRIS ECHA UN VISTAZO HACIA atrás para asegurarse de que ya no ve el auto de Sloan antes de cambiar de dirección y caminar hacia el puesto de comida más alejado de los tres. Cuanta más distancia entre Sloan y él, mayores serán las posibilidades de que no lo pillen con las manos en la masa.

—Sale Josh Brolin, ¿verdad? —murmura entre dientes, burlándose de sus propias palabras.

Por la sonrisa que le ha dedicado Sloan, debió de ser dolorosamente obvio que esa mañana ha estado buscando datos sobre *Los Goonies* en Google solo para parecer lo bastante enterado como para no quedarse atrás. Si fueran a ver *Lincoln* o *Salvar al soldado Ryan,* Morris estaría en su salsa. Qué vergüenza. Aunque no tan vergonzoso como todas las preguntas indiscretas que ha hecho sobre Harriet y Paul. ¿Se ha pasado de la raya? Sin duda, tuvo la sensación de que se había pasado cuando Sloan pareció reacia a hablar de su boda. Morris no tiene muy claro qué está permitido y qué no está permitido sacar a relucir.

Todo esto es un poco confuso.

No sabe cómo va a matar las próximas dos horas, sobre todo ahora que se da cuenta de que no va a poder oír la película sin una radio de auto. Pero seguro que hay algún banco o silla plegable abandonada que pueda pedir prestada para la noche. Puede que Morris sea capaz de aguantar de pie todo el rato, pero no sin que la rodilla derecha se lo haga pagar mañana. Y lo más probable es que la cadera izquierda también. Hoda Kotb estaba desinformando en la televisión esta mañana; los setenta *no* son los nuevos cincuenta.

Se pasa por el puesto de comida para comprar una bolsa de M&M's a un precio desorbitado y luego ve una colina cubierta de hierba junto a los baños desde la que puede ver la película a lo lejos. Morris intenta sentarse con elegancia, pero acaba dejándose caer sobre el terreno inclinado con más fuerza de la que esperaba, solo para darse cuenta unos segundos demasiado tarde de que el suelo está frío y húmedo por el rocío. Pues claro que lo está, piensa, recriminándose a sí mismo: es mayo en Michigan, ¿por qué no iba a estarlo?

Al menos se alegra de haberse acordado de ponerse la chaqueta de lana más gruesa que tiene. Tras buscar en Google datos sobre *Los Goonies*, Morris consultó la página del tiempo y descubrió que la temperatura iba a bajar hasta los diez grados después del atardecer. Así que, no, sin duda no iba a ser la experiencia más cómoda, pero al menos está lo suficientemente apartado como para que no lo reconozcan. Eso es lo más importante. Al fin y al cabo, lo único más vergonzoso que mentirle a la hija de tu difunto esposo sobre quedar con amigos en el autocine es que te pillen con las manos en la masa.

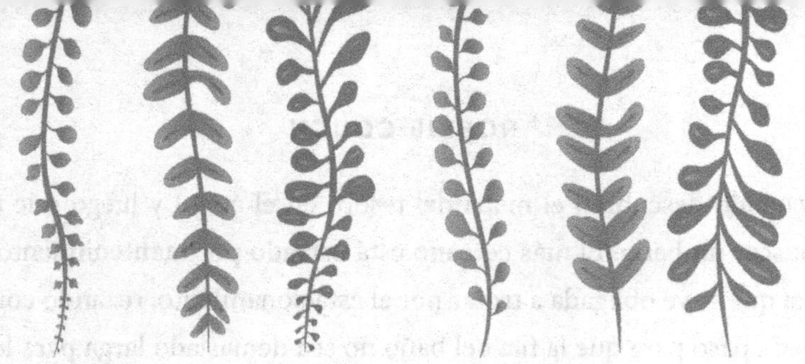

CAPÍTULO 10

Sloan

SLOAN NO SABE QUÉ ES más bochornoso: mentirle a su prometido para encubrir que va al autocine con el viudo de su padre o mentirle al viudo de su padre sobre ir al autocine con su prometido. Pero con el estómago revuelto mientras le manda un mensaje a Todd con una anécdota inventada en la que su jefe le ha pedido que se quede hasta tarde, decide que es lo primero. Sin duda. No tardará en contarle a Todd la verdad sobre Morris; solo necesita descubrir ella misma primero cuál es la verdad.

Sloan admite que su visita a Morris estuvo puramente motivada por su frustración con Beth. Pero en esa casa silenciosa, rodeada de paredes desnudas y plantas marchitas, a Sloan le resultó difícil ver a Morris como algo más que un anciano que lloraba la pérdida de su padre. Desde que tomó clases con él, le quedó claro que Morris no era el villano que Beth pintaba. Pero nunca se había parado a pensar en quién *era* en realidad, si no el malvado antagonista.

Sloan aguanta lo suficiente para ver una de sus escenas favoritas (cuando descubren el mapa del tesoro en el ático) y luego sale a buscar un baño. El más cercano está cerrado por mantenimiento, así que se ve obligada a trotar por el estacionamiento, rezando con cada paso para que la fila del baño no sea demasiado larga para lo que su vejiga puede aguantar. Sloan se lava las manos al acabar y empieza el camino de vuelta cuando lo ve.

—¿Morris?

No está con su grupo de amigos cerca de un auto; está sentado en la ladera de una colina, apartado de la multitud. Sloan camina hacia él, entrecerrando los ojos en la penumbra para asegurarse de no haberse equivocado. No se ha equivocado.

—¿Está todo bien? —pregunta.

Morris parece sorprendido de verla, luego empieza a reírse entre dientes mientras se levanta, o intenta levantarse, al menos. Le empieza a temblar la rodilla y pierde el equilibrio, así que Sloan le agarra la mano y lo ayuda a ponerse de pie.

—¿Qué haces aquí arriba? —inquiere mientras mira confundida la colina, que por lo demás está vacía.

—Acabo de usar el baño, nada más —responde Morris, amable pero desdeñoso—. Iba a volver con mi grupo ahora.

Sloan percibe su incomodidad. Y está bastante segura de que le está mintiendo.

—Está bien. —Hace una pausa—. Bueno, no tienes que irte por mí...

—En realidad —la interrumpe—, creo que me voy a quedar contigo lo que queda de la noche. ¿Te parece bien?

—Oh. Sí, claro que sí. —Sloan le analiza el rostro. Sin duda, hay algo que no anda bien—. ¿Estás seguro de que estás bien?

Fuerza una sonrisa.

—¿Por qué no iba a estarlo?

Morris baja el resto del camino despacio, dando pasitos cortos con Sloan a su lado, por si necesita ayuda, y luego ella lo guía hacia su auto. Ahora que están en una zona mejor iluminada y las luces del puesto de comida alumbran las manos de Morris, Sloan se percata de lo azules que tiene las palmas y los dedos.

—¿Tienes frío?

Morris se encoge de hombros.

—Puede que un poco, pero no pasa nada.

—¿Morris?

Ambos se giran para ver quién lo ha llamado.

A medida que dos figuras emergen del mar de autos y entran en la luz de las marquesinas del puesto de comida, Sloan reconoce que son Diane y Bobby, del club de cine de Morris, que se acercan a grandes zancadas. Sloan no recuerda la última vez que los vio, pero supone que fue en el funeral. Es lo que ha solido ocurrir siempre que se ha encontrado con los amigos *boomers* de Fred durante el último año.

—Mira quién está aquí —dice Diane, bajita y regordeta, al tiempo que extiende los brazos para abrazar a Morris—. ¡Cuánto tiempo, profe!

—Y mira a quién ha traído —comenta Bobby.

Sloan percibe en su tono que está contento a la vez que perplejo de ver a la peculiar pareja junta, y en un autocine, nada menos.

—Me alegra verlos —contesta Sloan. Sus ojos van de uno a otro a medida que su confusión aumenta. Actúan como si estuvieran viendo a Morris por primera vez esta noche. ¿Ha estado solo en esa colina todo este tiempo?

—Vi las fotos del cumpleaños de Stephen que publicó tu hermana en Facebook —le cuenta Diane a Sloan con la mano en el corazón—. Es adorable. Harriet debe de estar contentísima.

—Y su nueva casa tampoco está nada mal —añade Bobby con una sonrisa burlona—. ¿La zona residencial está cerca de la playa estatal, Sloan?

—Sí, está a unos cinco minutos andando.

Bobby niega con la cabeza, impresionado.

—Te hemos echado de menos en nuestras noches de cine —dice Diane, quien le da un codazo juguetón a Morris—. Alguien pregunta por ti todos los meses.

—Al *menos* una persona —interviene Bobby—, por lo general son varias.

Sloan mira a Morris, que parece especialmente tenso.

—Vaya, es todo un detalle —contesta por fin—. He estado ocupado, pero con suerte podré ir a la próxima.

—¿Para qué esperar? Estamos todos juntos, justo por ahí —dice Diane, y señala hacia el abismo de tubos de escape—. Mary, Deb, Frank, Joe...

—Y Cathy y Larry también —añade Bobby.

—¿Quieren unirse a nosotros?

Sloan ve que a Morris le está costando encontrar una respuesta y acude al rescate.

—La verdad es que nos íbamos ya.

Las caras de Diane y Bobby reflejan decepción.

—¿En serio? —pregunta Diane.

—¡Pero se van a perder el final! —grita Bobby con tono juguetón.

—Lo sé, lo sé —contesta Sloan, fingiendo remordimiento—. Ojalá pudiéramos quedarnos, pero no me encuentro muy bien.

Diane se pone seria de repente y da un paso atrás.

—Entonces mantendremos la distancia.

Todos se despiden (Sloan evita los abrazos de despedida debido a su falsa enfermedad) y luego cada uno sigue su camino.

Sloan y Morris caminan en silencio. Justo cuando el silencio empieza a resultar tenso, Morris se aclara la garganta. Sloan se prepara para escuchar su explicación sobre lo que pasa con el Club de Cine Plateado, pero, en vez de eso, le pregunta:

—¿Cuántos días a la semana trabajas en Dorothy's?

Al principio, Sloan piensa que se trata de una broma. Pero cuando se da cuenta de que Morris intenta restarle importancia a las mentiras que acaban de salir a la luz, decide seguirle el juego. Continúa así durante todo el trayecto en auto a casa, alternando momentos de silencio con preguntas inocentes sobre el tiempo y los cambios en el menú de Dorothy's. Le resulta extraño exigirle que sea sincero sobre lo que está pasando, dado que ella no ha sido precisamente transparente con Morris. Pero cuando llegan al camino de entrada y los faros iluminan la silueta de Rascal en el rincón de la ventana delantera, Sloan decide decir algo.

—Gracias por llevarme y traerme esta noche —dice Morris, tirando de la manija de la puerta—. Lo aprecio...

—Espera —lo interrumpe Sloan, con el pulso cada vez más acelerado—. ¿Puedo preguntarte sobre lo de esta noche?

Morris hace una pausa y vuelve a cerrar la puerta.

—No es por reprocharte nada, pero... ¿por qué dijiste que ibas a ver la película con tu grupo y luego... *no*? —pregunta.

Morris se queda callado.

No obstante, no puede culparlo por ser reservado, porque si Sloan estuviera en su lugar, seguro que no tendría ningunas ganas de sincerarse con una hijastra que, hasta ahora, no había mostrado ningún interés en estar en su vida.

—Llevo sin ir al cine con ellos desde que murió tu padre —responde Morris por fin—. Siento no haber sido sincero contigo sobre eso.

Sloan pone el auto en punto muerto y quita el pie del freno.

—¿Por qué no?

—La verdad es que no tengo una buena excusa.

—Bueno… ¿tienes alguna mala?

Morris le lanza una mirada.

—Ya sabes que tu padre era el alma de la fiesta…

—Claro. —Sloan pone los ojos en blanco—. No existía un foco bajo el que no quisiera bailar.

Morris se ríe.

—Qué cierto.

—¿Todavía hacía el baile del carrito de la compra?

—¿Y fingía que lo había inventado él? —Morris suelta un suspiro cansado—. Solo en todas las pistas de baile en las que estuvimos (que, a decir verdad, lo más probable es que fueran menos de cinco en todos estos años), pero sí.

Sloan sonríe.

—La cosa es que —continúa Morris—, creo que dependía demasiado de tu padre, el alma de la fiesta, en lo que respectaba a nuestra vida social. Así que ha sido complicado volver a encontrar mi lugar con sus amigos.

—¿*Sus* amigos?

—Tienes razón —se apresura a corregirse—. También son mis amigos.

Sloan se le queda mirando. Cree que sabe lo que está pasando. Por muy divertido y encantador que fuera su padre, a veces Fred no era consciente de su atracción gravitatoria en los entornos sociales. A veces, como acompañante, era fácil sentirse como su Plutón, orbitando alrededor de la estrella del espectáculo a millones de kilómetros de distancia.

—Bueno, si, como yo, tiendes a darle vueltas en la cabeza al tema de los amigos, te recomiendo que pienses en todas las posibilidades usando la razón —dice Sloan—. Bobby y Diane parecen simpáticos. Y parece que te echan de menos.

Morris le sonríe.

—¿Puedo preguntar por qué apuntaste lo del autocine en la agenda si no ibas a ir?

Incluso en la oscuridad del auto, Sloan ve cómo se le sonrojan las mejillas.

—A veces escribo cosas solo para sentir que mi vida sigue igual desde que murió tu padre —explica en voz baja—, aunque no sea así.

Sloan recuerda lo vacía que estaba su agenda. Si nunca tuvo intención de llevar a cabo el único evento que había anotado para mayo, ¿significa eso que Morris estaba destinado a pasar todo el mes solo en esa cáscara vacía que era su casa?

Su lado curioso quiere indagar más de lo que ya lo ha hecho, pero con el fin de hacer que se sienta mejor, decide ser sincera.

—Todd no ha estado en el autocine esta noche —confiesa—. Así que no eres el único mentiroso en este auto.

Morris se gira hacia el asiento del conductor.

—En ningún momento tenía intención de ir —continúa Sloan—, pero después de venir a la casa y de recibir la colonia de mi padre… supongo que supe que quería verte otra vez. —Se encoge de hombros—. A veces soy impulsiva.

Morris asiente y luego mira hacia el garaje.

—Eso lo has sacado de tu padre.

Sloan espera que insista un poco más y le devuelva el favor. Pero la puerta del copiloto se está abriendo antes de que se dé cuenta.

—Rascal va a empezar a preguntarse si voy a seguir fuera más tiempo —dice—, pero gracias otra vez, Sloan. Ha sido una noche divertida.

La noche ha sido muchas cosas, pero Sloan no incluiría precisamente «divertida» en la lista.

Morris se baja y se inclina para mirar dentro del auto.

—Para que lo sepas, siempre puedes venir a verme, con o sin excusa. —Sonríe y cierra la puerta del auto.

Y, a medida que Morris se acerca arrastrando los pies a la casa y la luz del porche lo ilumina, Sloan ve que tiene el trasero empapado de haber estado sentado sobre la hierba mojada.

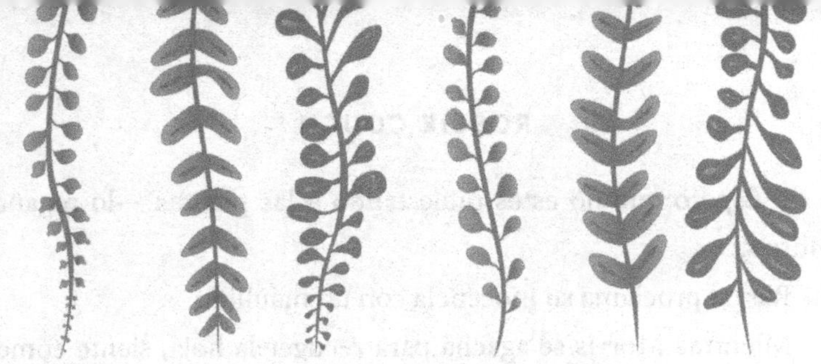

CAPÍTULO 11

Morris

Morris se cepilla los dientes, se toma su pastilla para dormir y rebusca en el fondo del armario sus calcetines de lana favoritos. Pensó que no habría problema en guardarlos con la ropa de verano, pero la hora que ha pasado fuera en el autocine le ha dejado helado hasta los huesos. ¿Por qué pensó que una chaqueta de punto bastaría en una primavera tan impredecible? Tampoco es que haya vivido en Michigan toda la vida.

Morris repasa la noche en su cabeza mientras se sirve un vaso de agua en el fregadero y se come un puñado de papas fritas, y se estremece al recordar el ridículo que ha hecho. Ojalá lo más humillante hubiera sido pasearse con una mancha enorme en la parte trasera del pantalón a la vista de todo Coral Cove.

—¿Qué llevas ahí? —pregunta Morris con los ojos entrecerrados.

Rascal afloja la mandíbula y algo pequeño y verde cae al suelo. Morris cree que es un billete de dólar arrugado hasta que se da cuenta de que es la hoja de una de las suculentas. Parece que es de la que Sloan rescató, la favorita de Fred.

—Espero que no estés molestando a las plantas —lo regaña Morris.

Rascal proclama su inocencia con un maullido.

Mientras Morris se agacha para recoger la hoja, siente cómo la humedad de la colina le recorre los muslos y se estremece de la vergüenza.

—Tú no estás avergonzado de mí —le pregunta a Rascal—, ¿verdad?

Pero Rascal se acoge a la Quinta Enmienda en silencio.

Lo más probable es que «avergonzado» no sea la palabra adecuada; más bien «muerto de vergüenza».

Morris sabía que corría el riesgo de ver al Club de Cine Plateado estando allí, pero sabiendo lo enorme que es el autocine, supuso que las probabilidades de que eso ocurriera eran ínfimas, y aún más ínfimas que el encuentro se produjera con Sloan como testigo. No obstante, el destino tenía otros planes.

Morris se pasea por el resto de la casa para asegurarse de que todas las luces estén apagadas, las puertas cerradas con llave y que Rascal no se haya comido lo que queda de la colección de suculentas de Fred. A medida que se acerca a la ventana delantera, queda capturado por el brillo de la luna, que ha iluminado el jardín con un resplandor plateado precioso.

—Espero que las sanguinarias estén bien —murmura cuando ve por la ventana que no han florecido aún. Morris sabe tan poco de las plantas que Fred cultivaba en el exterior de la casa como de las suculentas que mantenía en el interior, pero las sanguinarias eran las favoritas de Fred, por lo que Morris ha estado deseando verlas florecer otra vez.

Posa la mirada en el viejo roble torcido que hay en el centro del césped, con sus infinitos recovecos y grietas revelados por la luz de la luna. En cierto modo, Morris siente que el árbol y él crecieron juntos, ya que esta era la casa de su infancia. Y en todos sus años, no recuerda un momento en el que luciera más majestuoso que ahora, a pesar de que sus días estén contados.

De niño, Morris y su hermano se columpiaban bajo sus ramas en una de las ruedas del viejo tractor de su padre. Por aquel entonces les parecía un árbol de una inmensidad imposible, a pesar de que era mucho más pequeño que ahora. La imaginación infantil tiene una curiosa forma de distorsionar la realidad. Pero últimamente el árbol parece estar muriéndose poco a poco. Morris contempla las ramas desnudas y la corteza seca, pensando que debería verse más frondoso y verde para esta época del año.

A Fred también le encantaba este árbol, quizás tanto como las sanguinarias. Su ave favorita (el colibrí gorgirrubí) aparecía con frecuencia entre sus hojas, lo que convencía a Fred de que había entablado una amistad interespecífica. Morris y Fred se tomaron las fotos de su compromiso bajo este árbol, y el resultado fue tan impresionante que al menos una persona confundió el lago Michigan que tenían detrás con una pantalla verde.

Morris nota cómo el peso de la pérdida de Fred culmina en una lágrima. Por esto evita el rincón favorito de Fred de la casa, donde su mente tiende a divagar.

Siente una mirada inquisitiva y se encuentra a Rascal a sus pies.

—Sé lo que estás pensando —dice Morris—, ¿cuándo va a dejar de culpar al rincón de sus problemas?

Rascal maúlla en señal de acuerdo.

Fred querría que disfrutara del rincón tanto como él, piensa Morris. Extiende la mano y abre la ventana, lo que hace que su bíceps derecho tiemble más de lo que le gustaría, y el suave murmullo de la noche entra. Para empezar, a esta habitación le vendría bien un poco de aire fresco. Y probablemente también algunos cuadros nuevos en las paredes.

Morris ve el árbol de jade. El pobre parece haber perdido más hojas aún (al menos una de las que acabó en la boca de Rascal), y eso hace que Morris piense que quizás se equivocó al seguir las instrucciones de Sloan. Mejor que la riegue ya, decide Morris, y se dirige a la cocina para rellenar el vaso. Es probable que las otras dos también necesiten un poco de agua.

Pero al cruzar la habitación, una notificación procedente de la computadora le recuerda que Nicholas le escribió por Solteros Experimentados justo antes de que Morris se fuera al autocine. El revoloteo que siente en el pecho lo distrae lo suficiente como para desviarlo de su camino y dirigirse al dormitorio. Y, a medida que una sonrisa se le dibuja en las mejillas, reflexiona sobre si es verdad que las cerezas de Michigan son tan buenas como dicen.

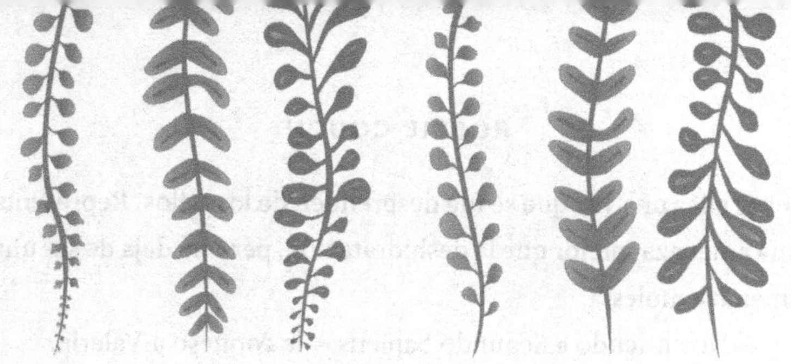

CAPÍTULO 12

Jade

ES AGRADABLE SENTIR LAS VIBRACIONES suaves del mundo nocturno contra las hojas. Los insectos cantan, la luna brilla más que nunca y, mientras una brisa fresca empuja el aire polvoriento hacia el interior de la casa de Segundo Sapiens, me doy cuenta de lo sofocante que ha sido este refugio de madera desde que murió su marido. Por fin, una ventana abierta.

Si tan solo nos regaran pronto.

Cuando estaba en el rincón sombrío, la falta de luz era la principal culpable de mi lenta marcha hacia la muerte. Pero podía conservar mejor lo poco que tenía almacenado, ya que los rayos del sol eran demasiado débiles como para calentar mi tierra. Prefiero estar aquí arriba, claro, donde la luz sin duda ha prolongado mi vida, pero el aumento de calor significa que la pista en la carrera contra el tiempo es más corta de lo previsto; hablando de forma figurada, debería aclarar, dado que no tengo piernas.

El felino negro también es un estorbo en mi nueva ubicación, ya que disfruta golpeándome las hojas sueltas y abalanzándose sobre ellas una vez que se me desprenden de los tallos. Representa una amenaza menor que la deshidratación, pero no deja de ser una amenaza molesta.

—No entiendo a Segundo Sapiens —le confieso a Valeria.

Ella aparta la mirada del mundo exterior.

—¿Qué hay que entender?

—Parece haberse olvidado de mí —explico.

—De *todas las plantas* —interrumpe Blaze—, parece haberse olvidado de *nosotras.*

—Pero si no le importamos —continúo—, ¿por qué se ha molestado en abrirnos la ventana? También me ha inspeccionado las hojas.

Después de meses y meses de abandono, debe de haber una razón para su cambio de actitud.

—Intentas aplicar el pensamiento racional al comportamiento de los *sapiens* cuando no lo hay —dice Blaze—. Algunos se preocupan por mantenernos con vida, otros no. Es así de simple, Jade.

—No sé.

—No te ha regado, ¿verdad? —replica Blaze—. Puedes alabarlo todo lo que quieras por abrir una ventana y mirarte los frágiles tallos como una rarita, pero aun así está dejando que te mueras.

No me lo trago. Tiene que haber algo más.

—Todavía tengo fe en la chica *sapiens* —digo.

Sé que antes malinterpreté mis raíces, pero estoy segura de que ahora no. Es difícil explicar cómo con exactitud, pero su visita tuvo un efecto en Segundo Sapiens. Y creo que va a jugar un papel importante a la hora de salvarnos.

Miro a Valeria, que ha estado inusualmente callada, no solo esta noche, sino desde que regresé al rincón. No ha sido la misma.

—¿Tú qué opinas? —pregunto.

Valeria, distraída, aparta la mirada de la hierba que se mece frente a la casa.

—Lo siento, cariño, ¿qué me has preguntado?

—Déjala en paz, Jade —me reprende Blaze en voz baja—. La brisa primaveral le recuerda a su hija.

Me giro hacia Valeria.

—¿Sí?

Ella asiente.

—Seraya brotó por estas fechas el año pasado.

Blaze agita un tallo, como diciendo: «Te lo dije».

Admito que no entiendo el vínculo especial que existe entre una madre y su retoño. Quizás lo entienda de forma natural a medida que vaya madurando, o quizás el no tener una madre significa que nunca comprenderé el dolor que siente Valeria al no tener a Seraya a su lado. Sin embargo, el agotamiento de Valeria no puede explicarlo la falta de agua. Y, si bien sé que es sabia (y, como sansevieria, una de las más resistentes de nuestra especie), sigue siendo desconcertante ver cuánta energía ha gastado anhelando la presencia de su hija.

Energía que, cabe señalar, podría haber conservado para su supervivencia.

Valeria debe de percibir mi incomodidad.

—Está bien —dice con dulzura—. Últimamente paso mucho tiempo ensimismada, fantaseando con el regreso de Seraya, pero eso no significa que te esté ignorando.

Me viene una idea.

—¿Es una fantasía factible?

—¿Que Seraya vuelva a casa? —pregunta.

Blaze resopla.

—*Imposible.*

—¿Por qué? —replico.

—Un auto la secuestró junto con las otras plantas de interior hace meses —dice—. Su maceta podría estar en cualquier parte: Toronto, Burger King, Tombuctú. No la han escondido en un rincón a pocos metros de aquí.

—No dudo que sea improbable —argumento, y miro a Valeria—, pero existe una posibilidad, aunque sea mínima, ¿no?

Valeria se lo piensa.

—Tengo que creerlo, Jade. —Hace una pausa—. Si no, me consumiría aún más rápido de lo que ya lo estoy haciendo.

Noto cómo me vibran los tallos al detectar una oportunidad.

—Si existe la posibilidad de que tu hija vuelva a casa algún día, ¿no quieres estar aquí cuando llegue ese día?

Valeria inclina una hoja hacia mí, sonriendo.

—Podemos sobrevivir —continúo—, sé que podemos. Solo necesitamos buscar una solución.

—Deberían mantener las raíces sobre la tierra —interviene Blaze—. Yo también echo de menos a Seraya, pero los pensamientos y las oraciones no van a salvarnos. Lo hará el agua. Y hasta que no la tengamos en la tierra, estamos bien mal.

—Pero Segundo Sapiens ha estado viniendo más seguido, ¿no? —Señalo.

—No con agua —replica Blaze—. Estaba aquí mirándonos hace un minuto. ¿Por qué no nos ha atendido en ese momento?

Guardamos silencio.

No tengo una buena respuesta. Estoy convencida de que los fallos de Segundo Sapiens no se deben a la malicia, como creía antes, cuando estaba agonizando en el rincón oscuro. Hay algo más detrás de todo esto. Y cuanto más logremos llamar su atención, más posibilidades habrá de que se acuerde de regarnos.

Pero ¿cómo?

Mis habilidades son limitadas. En cierto modo, mi baja estatura y mi complexión robusta me camuflan, lo que explica por qué se olvidó de mí en la oscuridad durante tanto tiempo. Si fuera un mamífero al que están cazando en la naturaleza, agradecería la invisibilidad, pero como una planta de interior moribunda que necesita los cuidados de un *sapiens* con desesperación, preferiría que me brotaran plumas de pavo real de la maceta.

—Tengo una idea —dice Valeria en tono serio.

Empieza a vibrarme la tierra de la emoción. Parece que acerté al usar a Seraya como inspiración. Pero antes de que Valeria pudiera explicar nada más, unas voces entran por la ventana abierta. Hacía tanto tiempo que no oía nada del exterior que los tallos me tiemblan por la sorpresa.

—¿Quién anda ahí? —sisea Blaze con mal humor.

—Somos nosotras —murmuran las voces al unísono.

Me doy cuenta de que vienen de las sanguinarias, que viven justo debajo de la ventana. Primer Sapiens las plantó allí hace mucho tiempo.

—¿Las hemos oído decir que Primer Sapiens ha muerto? —preguntan.

—¿Qué tal si dejan de escucharnos a escondidas...?

—Ya basta, Blaze —lo interrumpe Valeria—. Sí, han oído bien. Primer Sapiens ha fallecido.

Un silencio triste se apodera del jardín. Parece que hasta los insectos dejan de cantar antes de que las sanguinarias vuelvan a hablar.

—Entonces le rendiremos homenaje al amanecer.

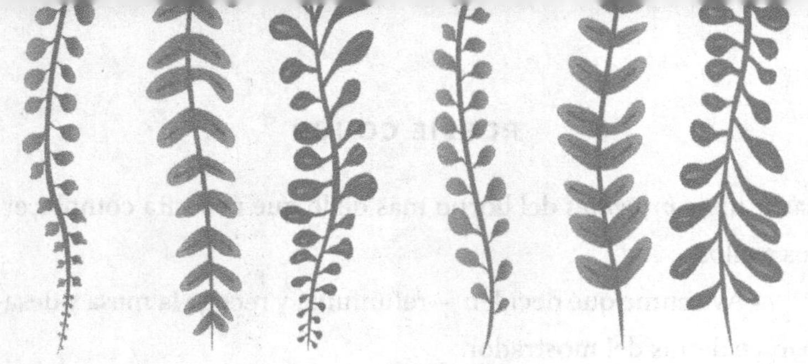

CAPÍTULO 13

Sloan

SLOAN Y TODD SE COMEN el último bocado de las cuatro muestras de *cupcakes* que les ha dado el señor Wong, quien alterna la mirada entre uno y otro con impaciencia.

El de vainilla con granas es el más aburrido de todos, pero Sloan mentiría si dijera que no es su favorito. Sospecha que Todd votará por el de fresa, lo que será un problema. Todo lo que Sloan ha probado en la Pastelería de Wong estaba delicioso, salvo por el de fresa. Según su paladar, tiene un sabor a sobaco inconfundible.

Le sonríe a Todd mientras él mastica pensativo.

—¿Qué? —pregunta con la boca llena.

—Creo que sé cuál es tu favorito —contesta Sloan—, y creo que no lo apruebo.

Él la mira de manera juguetona.

—Bueno, yo también creo que sé cuál es tu favorito, y no lo apruebo.

El señor Wong, quien hace décadas que se volvió insensible al encanto de las parejas jóvenes que planean sus bodas, necesita sacar unos *brownies* del horno más de lo que necesita complacerlos a ellos.

—Avísenme qué deciden —refunfuña, y recoge la mesa y desaparece detrás del mostrador.

—Ya sé que odias el chocolate —le dice Todd a Sloan.

—Lo mismo podría decir de ti y la mantequilla de cacahuete.

Empieza una batalla de miradas.

—Digamos nuestros favoritos a la de tres —propone Todd—. Uno... dos...

Como era de esperar, Todd elige fresa y Sloan escoge vainilla.

Todd se encoge de hombros.

—¿Boda cancelada, supongo?

Sloan se limpia el glaseado de la comisura de los labios.

—Boda cancelada, supongo.

Ojalá...

No obstante, la furia de Beth superaría toda euforia pasajera que Sloan pudiera sentir después de hacer la llamada para cancelar. Sloan disfrutaría planeando su boda (o, al menos, disfrutaría de *algunos* aspectos) si dependiera de ella y Todd, como hoy en la Pastelería de Wong. Pero cuando ve a Beth y Angela cruzar la calle, se acuerda de por qué las cosas no son tan sencillas.

—Tiene que ser una broma —dice Sloan una vez que está claro que su madre y su tía se dirigen a la pastelería—. ¿Les has dicho que íbamos a estar aquí?

Todd se gira a toda velocidad para ver a quiénes se refiere.

—No. —Suspira—. Pero compartí mi ubicación con tu madre la semana pasada cuando no nos encontraba en el mercado. —Se vuelve hacia Sloan—. Tenía el presentimiento de que me traería problemas.

—Deja de compartir tu ubicación con ella *ahora mismo*.

Todd se estremece al imaginar la reacción de Beth.

—¿No se enfadará?

Sloan se encoge de hombros.

Las campanillas de la puerta de la pastelería anuncian la entrada de Beth y Angela. Beth, con una blusa lila claro, y Angela, con el pelo teñido de un tono turquesa nuevo y más llamativo aún, se quitan las gafas de sol y echan un vistazo a su alrededor. Sin embargo, fingen no darse cuenta de la presencia de Sloan y Todd, a pesar de ser los únicos clientes dentro de la pastelería, que no es muy grande.

—Las estamos viendo —dice Sloan sin rodeos.

Angela se gira y finge sorprenderse de verlos.

—¡Oh!

—¿Qué hacen aquí? —inquiere Beth mientras ella y Angela se acercan a la mesa de Sloan y Todd.

—Eligiendo los *cupcakes* para la boda —responde Todd.

—¿Qué hacen *ustedes* aquí? —pregunta Sloan.

—Tenía ganas de comer pastel —miente Angela—. Ya sabes lo golosa que soy a veces.

Sloan la mira desconfiada.

—¿Estás segura de que mi madre no ha visto la ubicación de Todd en su celular y ha venido lo más rápido posible? —Sus ojos se posan en Beth.

Pero Beth evita la mirada de su hija y le hace un gesto a Todd para que se haga a un lado en la mesa. Angela hace lo mismo con Sloan.

—Guau. —Todd, con los ojos muy abiertos, observa los rizos teñidos de Angela—. Te has teñido el pelo... otra vez.

Angela asiente.

—¿Qué te parece? —Se acaricia la cabeza con las palmas de

las manos y, nerviosa, se prepara para hacer su pregunta de rigor, cuya respuesta siempre debería ser, pero rara vez es, «sí»—. ¿Es demasiado?

Sloan interviene cuando ve que a Todd le cuesta encontrar una respuesta.

—Es muy tú, tía Angela.

Se lo toma como un cumplido.

—¿Qué es eso de los *cupcakes*? —pregunta Beth. Su bolso cae sobre la mesa con un golpe seco.

—Hemos decidido no tener una tarta tradicional —explica Todd.

—Pero ¿*cupcakes*? —Angela chasquea la lengua—. ¿No les parece un poco… infantil?

«Tu color de pelo es infantil», quiere responder Sloan, pero, en vez de eso, se muerde la lengua.

—¿Qué posibilidades hay de que los haga cambiar de opinión? —pregunta Beth al tiempo que la mira por encima de las gafas.

—Cero. —Sloan niega con la cabeza con todas sus fuerzas—. *Negativas*, de hecho. Hay un porcentaje negativo de posibilidades de que me hagas cambiar de opinión.

—Creía que iban a comprar un pastel en Dulce y Dulzón —comenta Angela con un tono cargado de decepción.

—Ya —responde Sloan—, pero me parecía horrible comprar un pastel que cuesta lo mismo que una casa.

—Ya te lo dije —dice Beth casi en un susurro, como si el señor Wong estuviera escuchando a escondidas desde la cocina—, no te preocupes por el precio.

A Sloan le molesta que su madre confunda la falta de recursos con el asco que le produce pagar demasiado por algo solo porque puede.

—Una *casa*, mamá. Una casa entera.

Para su sorpresa, Beth cede.

—Bueno, si insistes en comprar *cupcakes* y comprarlos *aquí*, lo único que te pido es que evites los de fresa. —Se estremece al pensarlo.

Conque es posible, piensa Sloan mientras le dedica una sonrisa a Todd cuando su madre no la está mirando. Beth *puede* levantar la bandera blanca.

—He de confesarlo, Beth —dice Todd con timidez—, los de fresa son los que más me han gustado...

—No, qué va —lo interrumpe Beth, que se pone de pie de inmediato. Le hace un gesto a Todd para que la siga—. Vamos. Exijo que los vuelvas a probar.

Todd mira a Sloan con impotencia, y esta le sonríe con sorna a su prometido y se encoge de hombros mientras es llevado para hablar con el señor Wong. Normalmente, Sloan lo defendería de la tiranía de su madre, pero el sabor a fresa es tan malo que vale la pena dejar pasar la intromisión de Beth en esta ocasión.

Cuando ya no pueden oírlos, la tía Angela se inclina hacia Sloan.

—Lo de los *cupcakes* ha sido idea de Todd —dice con una sonrisa cómplice—, ¿verdad?

—No.

—Ah. —Intenta, sin éxito, ocultar el juicio evidente que se le refleja en el rostro—. Bueno, supongo que me demostrarán que estoy equivocada en el gran día.

Angela se asegura de que Beth esté lo bastante lejos de la mesa antes de que su expresión se torne preocupada.

—Tenemos que hablar, Sloan.

Sloan sabe que se refiere a algo serio. Pero para Angela, hablar sobre algo serio puede ser cualquier cosa, desde el deshielo de los casquetes polares hasta el color de los vestidos de las damas de honor.

—Tienes que prometerme que no le vas a decir a tu madre que te he hablado de esto —añade en un susurro—. ¿Está bien?

Sloan se anima. Es raro que su tía le cuente un secreto que excluya a Beth, a menos que Beth también esté al tanto, lo que no es descabellado.

—Está bien, te lo prometo.

—¿Cómo encontraste un frasco para echarte en el cumpleaños de Stephen?

—¿Eh?

—La colonia de tu padre.

La pilla con la guardia baja, pero igual no debería.

A Beth pareció molestarle mucho que Sloan la usara, pero no volvió a mencionar el tema el resto de la fiesta. Sloan simplemente asumió que su madre había guardado la transgresión para sacarla a relucir en una cena de Acción de Gracias entre ahora y 2040, tal y como hacen los Hopperbot con todos los altercados familiares. Pero que Angela se lo mencione a escondidas sin que Beth lo sepa sugiere que esta vez es diferente.

—No eres... —dice Angela, mirando a Sloan con recelo—, ya sabes...

—¿Qué?

Su tía hace una pausa antes de sisear:

—¿Lesbiana?

—Madre mía —exclama Sloan—. ¿Porque he usado colonia de hombre una vez?

Angela se encoge de hombros a la defensiva.

—¿Qué? Harriet dijo que últimamente estás en una fase *marimacho.*

Pues claro.

—Además —continúa—, siempre tuviste tendencias de machorra de pequeña...

—¿Por qué me preguntas esto?

Angela la mira con severidad.

—Usaste la colonia del hombre que le fue infiel a tu madre —explica, como si el asunto terminara ahí.

—Vale, claro —responde Sloan—, pero, en primer lugar, aquí todos somos adultos, lo que resulta relevante, y, en segundo lugar, ese hombre también es mi padre, que *acaba* de fallecer, lo que es aún más relevante.

—Oye, no te hagas la lista —contesta Angela mientras la mira fijamente con los ojos entrecerrados—. Pero dime, ¿cómo encontraste un frasco?

Angela no sabe que visitó a Morris, ¿verdad? Sloan cae en la cuenta de que es posible que se haya corrido la voz. Lo más probable es que la noche de reapertura del autocine Coral Cove no fuera el momento más inteligente para que Sloan saliera con Morris si no quería que se corrieran rumores sobre su nueva amistad, si es que puede llamarla así.

—¿Qué más te da dónde encontré el frasco? —susurra Sloan con frialdad, fingiendo no inmutarse ante los chismes de su tía.

—Esa colonia es *imposible* de encontrar, Sloan —responde Angela—, así que, como es lógico, tu madre sospecha.

—¿Sospecha qué?

—Dímelo tú.

Sloan se ríe.

—Tu madre cree que le estás ocultando algo, ¿vale? —susurra Angela—. Y, por lo reservada que estás ahora, me inclino a pensar que es verdad. —La mira de arriba abajo.

—¿Te ha dicho que ha vuelto a fumar? —pregunta Sloan.

Angela parece confundida.

—¿Quién?

—Tu hermana.

Angela abre los ojos de par en par.

—Quizás deberías hablar con ella de sus propios secretos antes de presionarme con los míos —le espeta Sloan.

Beth se da la vuelta y regresa a la mesa al tiempo que Angela cierra la boca abierta de par en par.

—Lo he convencido de que se lo piense dos veces antes de escoger el de fresa —informa Beth con una sonrisa orgullosa mientras se sienta—. Ya me darás las gracias.

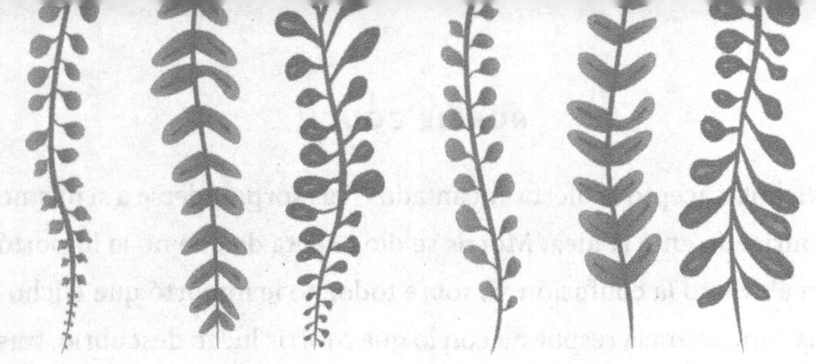

CAPÍTULO 14

Morris

MORRIS DECIDE TOMARSE UN DESCANSO de la biografía de Jimmy Carter después de que el capítulo que acababa de leer le entrara por un ojo y le saliera por el otro. No es que Jonathan Alter no haya escrito un libro emocionante; es que ni siquiera el trigésimo noveno presidente puede competir cuando piensa en Nicholas.

Morris jamás habría imaginado que se enamoraría de *alguien* en una página web de citas, y mucho menos de la primera persona que le escribió en la primera página de citas que ha usado en su vida, pero resulta que así ha sido. Una oportunidad de negocios llevó a Nicholas hasta Londres hace décadas, como Morris descubrió tras leer su perfil. Pero ahora, recién jubilado a los sesenta y ocho años, el expatriado se va a mudar en el verano a Saugatuck, en la costa, para estar más cerca de sus nietos.

En uno de sus primeros mensajes, Morris bromeó diciendo que recogería a Nicholas cuando su vuelo aterrizara en el oeste de Michigan. Sin embargo, el humor no se interpretó bien, ya que

Nicholas aceptó la oferta encantado. Tras sorprenderse a sí mismo sonriendo ante la idea, Morris se dio cuenta de que no le importó en absoluto la confusión. Y, sobre todo, no le importó que Nicholas concluyera la respuesta con lo que Morris luego descubrió, tras una extensa búsqueda en Google, que era un *emoji* con la cara sonrojada.

Morris deja la biografía en la mesita de noche, baja las piernas de la cama y se dirige a la computadora situada en la esquina de la habitación. Ya tiene abierta en el navegador la bandeja de entrada de Solteros Experimentados, donde una marca de tiempo le recuerda que le mandó el último mensaje a Nicholas hace dos horas. Cada uno le enviaba al otro un mensaje al día más o menos, pero en las últimas semanas el promedio ha aumentado de manera significativa. Incluso con el volumen de la computadora al máximo para poder oír el pitido de una notificación nueva desde cualquier lugar de la casa, sigue buscando excusas para ir al dormitorio varias veces al día (para rehacer la cama, para ponerse o quitarse el mismo suéter, para hacer un inventario innecesario de todos los juguetes de Rascal) solo para asegurarse de que no se ha perdido ningún mensaje.

Sin embargo, está especialmente ansioso por leer la respuesta de Nicholas al último mensaje que le ha mandado.

Estos dos solteros experimentados se han ido abriendo poco a poco a medida que los temas de las conversaciones evolucionaban de carreras profesionales y actualidad a asuntos más personales y profundos. El último mensaje de Morris ha llevado esa tendencia un paso más allá.

¿Se ha precipitado? No es la primera vez que Morris se sienta en el escritorio para releer sus propias palabras y juzgarlo por sí mismo:

Querido Nicholas:

Te perdonaré por no haber disfrutado de *Oppenheimer*. He de reconocer que fue innecesariamente larga y que ocultó algunos detalles importantes. ¿Has visto las dos películas de *Dune*?

Para responder a tu otra pregunta: es complicado. No he sido del todo sincero en cuanto a la familia de mi difunto marido. Aparte de esta nueva relación con Sloan (que todavía estoy tratando de comprender, como leerás en breve), no tengo relación con la familia de Fred. Su exmujer y los dos hermanos mayores de Sloan, Harriet y Paul, no han mantenido el contacto.

La verdad es que creía que esas heridas habían sanado hace mucho tiempo, pero ahora que Fred se ha ido, es como si se hubieran reabierto, y me entristece aún más que antes.

Después de conocer a Fred hace más de una década, lo intenté todo para reprimir mis sentimientos hacia él. Dos de sus hijos habían asistido a la misma secundaria en la que su tercera hija (Sloan) era alumna. Salir con Fred significaría cruzar una línea ética que me negaba a cruzar. Pero Fred insistió durante esas primeras semanas. Me dijo que había salido del clóset con su familia y me aseguró que él y su mujer, Beth, llevaban meses separados. Nada de eso era cierto.

Me convertí en el causante de que se rompiera el matrimonio a los ojos de Beth y los niños, y supongo que todavía me ven así. Sin importar el hecho de que Fred también me había hecho daño y traicionado. No le hablé durante muchos meses después de que Beth nos encontrara en la cama (sí, fue tan bochornoso como suena). Pero después de que saliera del clóset por fin y me pidiera perdón sin parar durante varias llamadas largas, no pude negar lo mucho que lo echaba de menos. Era, y sigue siendo, el amor de mi vida, así que jamás me arrepentiré de haber vuelto con él. Pero sí me arrepiento de no haber intentado arreglar las cosas con el resto de su familia.

Para ser justos, Fred pasó años intentando reparar el daño que había causado, pero sin éxito. Le recalcó a Beth que también me había mentido a mí (sobre haber salido del clóset y estar separado de ella) y que no debería reprocharme algo que yo no sabía. Pero no importó. Beth nunca le creyó y los niños tampoco. Consideré contactarla a ella a lo largo de los años, pero al final siempre decidía no hacerlo, ya que temía que entrometerme no hiciera más que empeorar las cosas. Nunca sabré si fue un error o la decisión correcta.

Espero que todo esto ayude a explicar mi confusión cuando Sloan apareció en mi puerta como si ignorara por completo lo mucho que me odia su madre. Es una muchacha encantadora (y una estudiante decente; sí, acabó en mi clase también, pero eso es un tema para otro mensaje). Me encantó regalarle la colonia de Fred (¡usó el mismo aroma inimitable durante cuarenta años!) y espero volver a verla pronto.

Sin embargo, me inquieta algo que siento como un elefante en la habitación. ¿Por qué Sloan se ha interesado en mí sin venir a cuento y sin darme ninguna explicación sobre su cambio de actitud? ¿Soy tonto por querer verla más a menudo, o mis sospechas de que pueda haber un motivo oculto son exageradas? Perdón si esto parece una especie de seudocolumna de consejos.

Atentamente,
Padrastro Confundido

Sin duda, es el mensaje más vulnerable que le ha mandado a Nicholas (y el más largo también), pero Morris se mantiene firme. Si es un compañero lo bastante cercano como para recoger a Nicholas en el aeropuerto, también es un compañero lo bastante cercano como para contarle sobre los Hopperbot.

Ping.

Le da un vuelco el corazón. Revisa la bandeja de entrada y ve que ha llegado un mensaje nuevo de Nicholas. Nunca había hecho clic en nada tan rápido:

Querido Padrastro Confundido:

¡Las películas de *Dune*! Disfruté ambas. Zendaya tiene mucho talento, y ese tal Timothy Shala-algo-o-lo-que-sea tampoco lo hizo nada mal. Eso sí, tuve que estirar las piernas en el vestíbulo del cine durante la segunda película. Creo que será la última película de más de dos horas que vea en una sala.

Respecto al resto del mensaje: Vaya. Complicado, sin duda.

Gracias por contarme más sobre la familia de Fred. Te agradezco que lo hayas hecho. No te preocupes demasiado por la situación. Esto es lo que pienso.

Sloan parece una joven encantadora. A mí me resulta obvio por qué podría interesarse en ti «sin venir a cuento», como has dicho. ¿No crees que la reciente muerte de su padre es algo que sí viene a cuento? Si bien entiendo tu cautela por todo lo que pasó, parece que Sloan simplemente echa de menos a su padre y lo percibe en el hombre que mejor lo conocía. Así que no veo qué motivo oculto podría tener al elegir pasar tiempo contigo, aparte de conocer a hurtadillas al hombre al que su padre amaba con locura. ¿Qué tiene eso de malo?

Relacionado con eso (más o menos): ¿¡Ha mencionado ya la mancha húmeda que tenías en el trasero!? *Tuvo* que haberla visto, ¿verdad?

Atentamente,
Nicholas Es Sabio
(ese sería el nombre de mi columna de consejos,
si algún día me animo a escribir una LOL)

P. D.: Si no me equivoco, Sloan propuso los planes las dos veces que han estado juntos últimamente. Si te sientes cómodo, ¿por qué no la contactas para que se vean una tercera vez? Tú mismo has dicho que a lo mejor te equivocaste al no esforzarte más por reconciliarte con la familia de Fred. Pero no entiendo por qué crees que ya no tienes tiempo para hacerlo.

P. D. 2: ¡Te debo una copa por recogerme en el aeropuerto! ¿Me recomiendas algún bar por Coral Cove? Mejor aún si es gay.

P. D. 3: ¿Cuántas posdatas puedo añadir al final de este mensaje antes de que lo marques como *spam*?

Morris se levanta de un salto. Qué mensaje tan bonito. Es agradable saber que Morris es lo bastante importante como para merecer una respuesta tan considerada, y nada menos que de un hombre tan guapo como Nicholas.

—Creo que se parece a George Clooney —comenta Morris, cuyos ojos pasan de la foto de perfil de Nicholas a Rascal, situado a sus pies—. ¿Tú qué crees?

El gato se desliza entre los tobillos de Morris, ronroneando.

—Me lo tomaré como un sí. —Suspira.

Sin embargo, se le retuerce el estómago al pensar en la posdata del mensaje de Nicholas. Morris no se acuerda de la última vez que fue a un bar gay. Sin duda, no ha ido desde que se le puso el pelo blanco completamente.

—¿Le respondo ahora o espero a más tarde? —le pregunta al gato.

Antes de que Rascal responda, llaman a la puerta. No espera a nadie, pero está de tan buen humor que abre la puerta sin ni siquiera mirar por la mirilla.

Un empleado alto del servicio postal, con rastas y un pendiente en el labio, mueve la cabeza al ritmo de la canción que suena a todo volumen en sus auriculares inalámbricos. El joven tarda un momento en darse cuenta de que reconoce a Morris.

—¿Señor Warner? —Se le iluminan los ojos y mira el correo que tiene en la mano—. Ah, lo de Morris me despistó. No sabía su nombre.

Irónicamente, Morris no recuerda el apellido de este chico.

Se llama Dorian. Dorian… *algo*. Los apellidos se vuelven borrosos cuando, al igual que Morris, has tenido tantos alumnos a lo largo de los años. No obstante, se acuerda de Dorian mejor de lo que se acuerda del graduado promedio de Coral Cove, puesto que era un torbellino de energía infinita con una franqueza despiadada en clase.

—Dorian —responde Morris con alegría—, ¿eres mi nuevo cartero?

—Nos llaman repartidores, señor Warner —replica. Pero su expresión se desvanece un instante después—. Es una broma, hermano. Sí, soy su hombre.

—Eso es fantástico.

—Así es, amigo. —Le entrega a Morris un puñado de cupones y sobres—. Vi la invitación de arriba y me picó la curiosidad por saber qué antiguo profesor vivía aquí. Me alegra que sea usted.

Morris baja la mirada y ve otra invitación para un almuerzo de antiguos profesores a finales del verano. Ya recibió una hace unos días. Sin embargo, al igual que con el autocine, es muy probable que encuentre una excusa para no ir. De todas formas, sus amigos profesores más cercanos no van a estar.

Peter Anderson, quien enseñó Francés en Coral Cove durante veinte años, está disfrutando de su jubilación en la costa del golfo con su mujer. Mel Greens, quien estuvo pared con pared con Morris durante más de una década, se dedica a tiempo completo a ser abuela cerca de Detroit desde hace un tiempo. Y si Mel no va a hacer el viaje desde Farmington Hills, Peter seguro que no va a volar desde el noroeste de Florida solo para comer puré de papas a temperatura ambiente en platos de poliestireno.

—Señor Warren, *todavía* le cuento a la gente lo del Ejército Fantasma de Estados Unidos —dice Dorian mientras sigue moviendo la cabeza al ritmo de la música que suena por los auriculares—. Eso fue alucinante.

Morris necesita un momento para contextualizar el comentario.

—¿La unidad de engaño táctico durante la Segunda Guerra Mundial?

—Claro —responde Dorian—. ¿Cuántos otros Ejércitos Fantasma ha habido a lo largo de la historia?

Morris se ríe.

—Siempre me alegra cuando las lecciones se quedan grabadas.

Dorian no paraba de hablar en clase, así que el hecho de que haya retenido algo del temario de Morris es una sorpresa.

—Incluso antes de ver la invitación esa de los antiguos profesores —continúa Dorian—, pensaba felicitarte por tus sanguinarias, amigo.

Morris supone que se está burlando de él, lo cual, si sigue siendo como era en clase, sería muy propio de Dorian.

—Lo sé, lo sé —contesta Morris con seriedad—. No sé por qué no han florecido todavía. Eran las favoritas de mi marido, así que espero que simplemente se hayan retrasado este año.

—¿*Éstas* sanguinarias? —pregunta Dorian al tiempo que señala el lateral del porche.

Morris estira el cuello por fuera de la puerta y divisa el grupo de flores que plantó Fred justo debajo de la ventana de la sala.

—Es como si hubieran brotado de la putísima nada —dice Dorian, impresionado.

No le falta razón. Estaban completamente cerradas cuando Morris las vio anoche por la ventana. Pero, ahora, cada tallo está coronado por pétalos blancos y grandes y un centro amarillo. ¿De verdad Fred *plantó* tantas?

—Tengo que terminar mi ruta, pero ¡nos vemos! —Dorian empieza a marcharse, pero recuerda algo—. Oh, por cierto, me enteré de lo de su marido. Lo siento mucho. Qué mierda. —Tras una pausa, su expresión vuelve a ser tan alegre como siempre—. ¡Hasta luego, señor Warner!

A medida que su antiguo alumno desaparece en el jardín contiguo, Morris vuelve a echarles un vistazo a las sanguinarias con asombro. Su llegada marca el comienzo del verano, decide Morris, cada vez más preparado para empezar una estación nueva. Fred se habría sentido orgulloso.

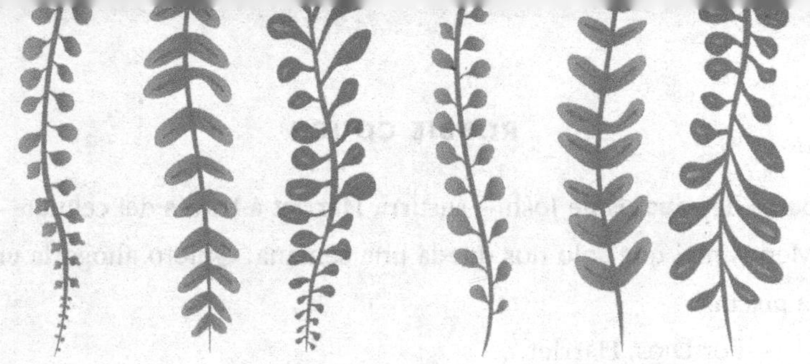

CAPÍTULO 15

Sloan

STEPHEN! ¡*STEPHEN*!

Sloan se estremece y aparta el celular de la oreja al oír la voz de Harriet por el altavoz.

—¿Te llamo luego?

—No —responde Harriet con un suspiro de exasperación—. Tengo otra reunión en cinco minutos. Pero ¿puedes secuestrar a mi hijo? ¡*Deja* de torturar a la cachorrita!

Sloan frunce el ceño, confundida.

—¿Tienen una cachorrita?

—Estamos cuidando a una perrita rescatada —explica Harriet—. Se llama Peaches y solo tiene tres patas.

—Ay, qué monada.

—¿De verdad?

Al otro lado de la línea, Sloan oye un estruendo seguido de una ráfaga de ladridos de la cachorrita.

—La muy cabrona ya me ha mordido y ha destrozado dos

pares de zapatos de Josh —susurra Harriet a través del celular—. Menos mal que solo nos queda una semana. Quiero ahogarla en la piscina.

—Por Dios, Harriet...

—Es una *broma* —contesta—. Josh, ¿puedes venir a cuidar a tu hijo para que tenga un minuto de paz para hablar con mi hermana?

Sloan oye un portazo, y luego silencio.

—Bueno, nos quedan cuatro minutos. —Harriet suspira contra el altavoz. Por como suena, está escondida en uno de los mil armarios de la McMansion—. ¿Qué pasa?

Sloan deja a un lado el pingüino bebé que está tejiendo a gancho en el sofá para concentrarse mejor en la llamada. No sabe muy bien cómo la idea de que Morris la acompañara al altar pasó de ser un capricho nacido del despecho en la florería a una ridículamente impensable y luego a la opción «con toda probabilidad mala... ¿pero igual no?» en la que se ha convertido ahora en su cabeza, pero ahí está.

Sloan suelta la pregunta a toda velocidad antes de cambiar de opinión:

—¿Cuán loco sería que le pidiera a Morris que me acompañara al altar?

Harriet se queda callada. Sloan cree que se ha cortado la llamada en el armario de la McMansion, pero un fuerte resoplido le indica lo contrario.

—¿Morris? —pregunta Harriet—. Quiero decir, *¿Morris,* Morris?

Sloan se prepara para el impacto.

—Sí.

—Puede que mamá tuviera razón —dice Harriet.

—¿Sobre qué?

—Que quieres matarla y estás usando tu boda para hacerlo.

Sloan pone los ojos en blanco mientras baja el volumen de la televisión.

—Si mi boda mata a mamá, es por su culpa. Sabes que Todd y yo estaríamos encantados de casarnos en el juzgado.

—Solo para que quede claro —empieza Harriet—, era una broma, ¿verdad? Lo de Morris.

—¿Puede que no?

—¡Sloan!

—¿Qué?

—¿Estás drogada?

Sloan se levanta y empieza a caminar de un lado a otro por la sala.

—Es nuestro padrastro. No es una idea tan descabellada.

—Sí, el padrastro con el que nunca hablamos porque arruinó el matrimonio de nuestros padres.

—Creo que papá tuvo más culpa, ya que engañaba a su mujer para buscarse un pene por ahí —argumenta Sloan—, pero esa es solo mi opinión.

—*Puaj.*

—Mira las opciones que tengo, Harriet —razona Sloan, sintiéndose cada vez más nerviosa—. ¿Tú le habrías pedido a Paul que te acompañara al altar?

—Pues claro que no.

—¿Y qué hay del tío Dick?

Harriet suelta un sonido como si fuera a vomitar.

—Exacto.

—¿Cuándo fue la última vez que viste a Morris? ¿En el funeral, donde ni siquiera hablaste con él? —pregunta Harriet.

—Sí le hablé —replica Sloan—. Quiero decir, al menos le dije «hola», que fue más de lo que hizo el resto de la familia.

Harriet se burla.

—Seguro que a estas alturas ya no se acuerda de cómo nos llamamos.

Sloan, que rememora cómo Morris le preguntó por el cumpleaños de Stephen, siente la necesidad repentina de defender a su padrastro.

—No hagas como si no te hubiera encantado su clase en la secundaria.

—Me encantó. Pero, repito, eso fue antes de que *se tirara a nuestro padre.*

—¿No dijiste que era tu profesor favorito?

Harriet se ríe.

—Creo que no dije «favorito».

Sloan se acuerda de algo.

—¿No fue en la clase del señor Warner donde te obsesionaste con Rosie, la remachadora, y decidiste que...?

—¿Qué está pasando? —la interrumpe Harriet—. O sea, de verdad.

—¿A qué te refieres?

—Hay algo que no me estás contando.

Sloan se queda callada. Por suerte, mientras intenta decidir cómo responderle a su hermana, el caos en la McMansion salva la situación.

—¡*No* pongas eso ahí! —le grita Harriet a su marido, a su hijo de un año o a la perrita discapacitada, Sloan no está segura—. Tengo que asistir a una reunión, pero hablemos de esto luego. Eso sí, *no* le pidas que te acompañe al altar antes de que hablemos, ¿vale?

—Claro, pero no le digas a nadie que lo he mencionado —advierte Sloan—. Sobre todo, a mamá. Y, *sobre todo*, a Angela.

—Hecho. ¡Madre mía, casi se me olvida! ¿Sabes que mamá ha vuelto a fumar? La pillé con las manos en la masa en...

Sloan oye cómo se rompen unos cristales, a una cachorrita ladrando y a Stephen llorando, todo en menos de tres segundos.

—Me tengo que ir —dice Harriet con un tono de derrota casi palpable en la voz.

La llamada se termina.

Sloan exhala y se queda mirando, pensativa, a su pingüino tejido a gancho. En una escala que va de «no muy bien» a «excomulgada de la familia», ha ido mejor de lo que esperaba, más o menos. Sloan no está segura de si se está planteando pedírselo a Morris con toda la razón o si el simple hecho de que se plantee la pregunta es como un grito de auxilio interfamiliar.

—Vaya, vaya, vaya...

Sloan se sobresalta al oír la voz de Todd. Se gira y ve a su prometido con los brazos cruzados, apoyado en el marco de la puerta con una expresión de suficiencia.

—Me has asustado —dice mientras se lleva la mano al corazón—. ¿Por qué estás en casa?

—Dave me ha dejado salir antes. —Todd, que parece satisfecho consigo mismo, cruza el suelo de madera con el polo gris y los pantalones caqui del uniforme y se deja caer en el sofá—. Conque era con *él* con quien estuviste en el autocine, ¿eh? —inquiere con la misma sonrisa de suficiencia.

Sloan nota cómo le arden las mejillas.

—Al menos no tengo que preocuparme de que se estén acostando —añade, y hace una pausa—. ¿O sí?

Sloan lo mira con fastidio.

—¿Cómo has sabido lo del autocine?

—Derrek me mandó un mensaje —responde, y saca el celular para leer el mensaje de su viejo amigo de la infancia—. «Oye, mi hermano, he visto a Sloan paseando con su abuelo en el autocine. ¿Tú también has venido a ver *Los Goonies*?».

Sloan hace una mueca por sentirse culpable.

—Debió de ser confuso recibir ese mensaje.

Todd abre los ojos de par en par.

—Solo un poco.

—Lo siento —dice Sloan—. Iba a contártelo.

—Claro, claro.

Sloan se sienta en el sofá junto a Todd y se sincera. Empieza con la pelea de Beth y Angela en la florería y cómo eso le ocurrió la idea de pedirle a Morris que la acompañara al altar. Le explica que Morris tuvo el detalle de darle la colonia de su padre, que se ha sentido más conectada con Fred al verlo y que le pareció tan extraño como tierno que Morris mintiera sobre lo de ir a su club de cine de personas mayores.

—Siento que debería odiarlo, pero no lo hago —concluye mientras se acurruca junto a Todd en el sofá—. Creo que se siente solo sin mi padre.

Todd la rodea con el brazo.

—No creo que debas odiarlo. Pero entiendo por qué es complicado.

Sloan suspira al sentir el peso de la boda y se acurruca aún más en el pecho de Todd en busca de consuelo.

—Ojalá nos casáramos en la tienda de bicicletas.

Todd se ríe de lo que creía que era una broma.

—Oh. No bromeas.

Sloan se encoge de hombros.

—Quiero decir, no me gustaría casarme *dentro* de la tienda.

—Iba a decir... —La mira—. ¿Te excita el olor a goma y grasa? ¿Por eso estás conmigo?

Le sonríe.

—¿No te parece que el terreno que hay detrás de la tienda es precioso?

Sloan se imagina el jardín tranquilo y apartado, y no es la primera vez. Sí, la parte trasera de Tinkers es básicamente un taller destartalado con cientos de bicicletas apiladas bajo un toldo oxidado. Pero si miras hacia el otro lado, el lago Michigan asoma entre los árboles. El terreno tampoco es muy grande, así que no les quedaría más remedio que celebrar una boda pequeña y sencilla. Qué lástima que no pueda ser.

Sloan aparta esa fantasía de su cabeza.

—En realidad no le voy a pedir a Morris que me acompañe al altar —dice—, para que lo sepas.

—¿Por qué no?

Lo mira sorprendida.

—¿Crees que debería?

—Creo que me mantengo firme en lo que te dije en la florería —responde—. Deberías pedírselo a quien quieras. Por lo menos parece que quieres pensártelo mejor.

Sloan se muerde el labio inferior. No le falta razón.

—Pero incluso si se lo pido y dice que sí, ¿te imaginas la reacción de Beth Hopperbot? Se derretiría como la Bruja Mala del Oeste.

—Déjala que se derrita.

Sloan sonríe con satisfacción.

—Vale, señor Cedí con los Cupcakes de Fresa. Ya sabes lo brutal que puede ser mi madre, sobre todo cuando se trata de algo relacionado con mi padre.

—Yo digo que hagas lo que quieras —dice Todd, y le da un beso en la mejilla—, siempre y cuando no se lo pidas por los motivos equivocados.

Sloan reflexiona.

—¿Y cuáles serían los motivos equivocados?

—Para hacer enojar tu mamá. O para poner celoso a Paul. O para molestar a tu tío Dick... o a tu tía. —Todd hace una pausa—. La verdad es que a mí no me importaría que hicieras todo eso. Pero creo que a la larga te arrepentirías.

Sloan vuelve a mirar a su pingüino de tejido a gancho.

—Creo que tienes razón. —Nota cómo vibra el celular sobre el cojín del sofá que tiene al lado.

Todd lo agarra por ella.

—Hablando del rey de Roma... —Le pasa el celular a Sloan—. Si al final te acompaña al altar, ¿puedo al menos conocerlo antes?

Mira la pantalla y lee el mensaje de Morris:

Hola, Sloan. Soy Morris Warner. Quería preguntarte si te interesaría en algún momento ayudarme a elegir algún cuadro para las paredes de la sala. Estoy de acuerdo, les vendría bien un poco de color.

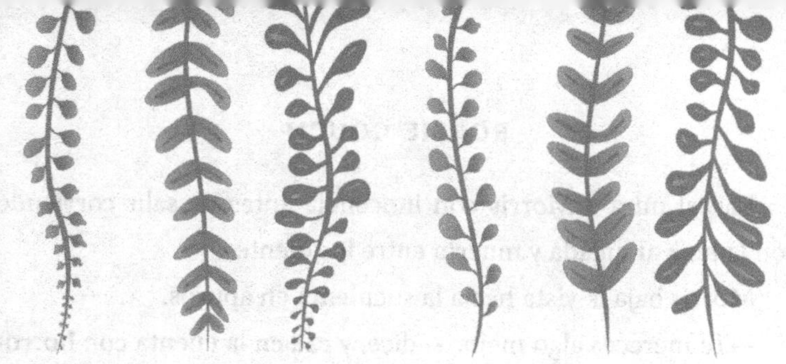

CAPÍTULO 16

Morris

MORRIS SE INCLINA PARA MIRAR la calle a través de la ventana delantera y luego mira la hora. Está siete minutos tarde.

—¿Qué clase de cuadros debería comprar? —le pregunta a Rascal, que se encuentra a sus pies—. ¿Fotografías? ¿Pinturas?

Morris se alegra de haber seguido el consejo de Nicholas y haberle escrito a Sloan para quedar. No está seguro de si la tarde dará buenos resultados en lo que respecta a encontrar buenos cuadros (Sloan se ofreció a enseñarle algunas obras que tiene guardadas, lo que hace que Morris piense que sus opciones van a ser muy limitadas), pero, pese a todo, se alegra de volver a verla.

—Lo interpreto como un no a las fotos —le murmura Morris a un Rascal distraído.

Para sorpresa de Morris, el gato salta sobre el árbol de jade que tienen delante justo cuando una de sus hojas se desprende del tallo. Rascal se choca con la maceta y está a punto de lanzarla al suelo.

—¡*Oye*! —lo regaña.

Rascal mira a Morris con inocencia antes de salir corriendo con la hoja arrugada y muerta entre los dientes.

Morris baja la vista hacia la suculenta en apuros.

—Te mereces algo mejor —dice, y cae en la cuenta con horror de que todavía no la ha regado—. Y eso incluye merecerte que *yo* lo haga mejor.

Antes de que verse distraído por otro mensaje de Nicholas o por un ataque sorpresa de Rascal, Morris se apresura a ir a la cocina. Le da vueltas a la cantidad exacta de agua que debería recibir cada planta (¿Una taza? ¿Dos?) antes de rendirse ante su ignorancia y volver a la sala con la regadera hasta arriba.

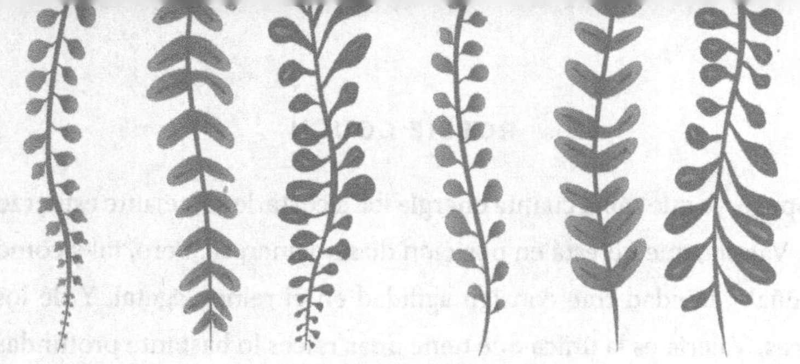

CAPÍTULO 17

Jade

¿QUÉ HA PASADO, VALERIA? —PREGUNTA Blaze, irritado—. ¿Por qué no lo has hecho?

—Lo *habría* hecho si la bestia no hubiera atacado a nuestra amiga con ferocidad. —Me mira y su tono pasa del enfado a la preocupación—. ¿Estás bien, cariño?

Mis raíces siguen temblando, pero el felino negro no me ha hecho ningún daño grave. No a nivel físico, al menos.

—Agitada, nada más —respondo, y compruebo que mi maceta no se haya roto, lo cual es el caso—. Me molesta más haber arruinado la operación.

—Tú no has arruinado nada —contesta Valeria—. Ha sido el felino.

A Valeria se le ocurrió una idea después de que nuestra conversación sobre Seraya la inspirara a seguir luchando por sobrevivir. La próxima vez que Segundo Sapiens se acercara a nuestro rincón, tenía previsto menear las hojas con la esperanza de que la actuación hiciera que se fijara en lo secos que estamos. Al principio me opuse, ya que sabía cuánta energía iba a costarle semejante esfuerzo a Valeria, que no está en posición de ser generosa. Pero, tal y como señaló, la edad trae consigo agilidad en el reino vegetal. Y de los tres, Valeria es la única que tiene unas raíces lo bastante profundas y unas hojas lo bastante largas como para moverse de una forma que atraiga la mirada de un *sapiens*.

Con unos tallos tan frágiles y unas raíces tan débiles como los que tengo yo ahora, lo máximo que podría hacer sería dejar caer una de las pocas hojas lastimeras que me quedan. Pero eso parece atraer la atención del felino hacia mis extremidades rotas más que la de Segundo Sapiens hacia mi precaria salud. Y esa cosa monstruosa se ha abalanzado sobre mí con la ferocidad de un leopardo hambriento antes de que Valeria pudiera probar su plan para obtener agua, así que a saber cuándo tendrá otra oportunidad.

Aunque... puede que sea ahora mismo.

—¡Viene para acá, Valeria! —grito.

—Espera —dice Blaze—. ¡No hace falta que Valeria mueva ni una sola hoja! Ya la lleva en las manos.

—¿Ya lleva qué en las manos? —pregunto.

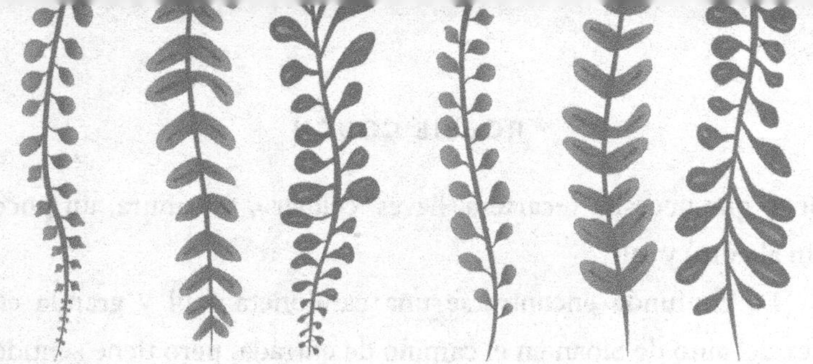

CAPÍTULO 18

Morris

Morris se acerca al rincón, levanta la vieja regadera de Fred y decide que debería empezar con la que más agua necesita. Pero justo antes de inclinar la regadera sobre la maceta del árbol de jade, la suculenta de las hojas largas y altas cobra vida de repente.

Como si una ráfaga de viento soplara desde el suelo, las hojas de la planta se ondulan como el vestido de Marilyn Monroe sobre la rejilla del metro. Sorprendido, se le cae la regadera de la mano (el agua salpica la mitad del suelo de la sala) un momento antes de que Sloan avise de que se encuentra en el camino de entrada.

—Pero ¿qué...? —dice Morris, mirando la planta, que ha vuelto a quedarse completamente quieta. Anoche no durmió bien, así que su mente podría estarle jugando una mala pasada, piensa Morris—. ¿Tú también has visto eso?

Rascal deja escapar un maullido igual de confundido.

Con Sloan esperándolo afuera, Morris limpia el desastre a toda prisa, se revisa los bolsillos para asegurarse de que lleva lo poco que necesita («cartera, llaves, celular», murmura, un poco sin aliento) y sale.

Lo confunde encontrarse una camioneta azul y grande en vez del auto de Sloan en el camino de entrada, pero tiene sentido cuando ve que Todd está al volante. Morris intercambió un gesto solemne con la cabeza con el prometido de Sloan en el funeral de Fred, pero hasta ahí habían llegado sus interacciones.

Todd se baja de un salto de la camioneta con una camiseta sin mangas que deja ver sus brazos tatuados. Sloan corre por el camino de acceso a su lado con un overol de mezclilla y el pelo rubio recogido en una cola despeinada. La verdad es que hacen una bonita pareja.

—Hola, Morris —dice Sloan con alegría. Le hace un gesto a Todd, quien se une a ella delante de la camioneta—. Él es Todd.

Morris le extiende la mano para estrechársela a Todd, quien la acepta.

—Es un placer, señor Warner.

Morris le sonríe.

—Puedes llamarme Morris.

Todd echa un vistazo al jardín y se detiene cuando sus ojos se posan en el lago Michigan situado al otro lado de la calle.

—Las vistas desde aquí son una locura. —Se vuelve hacia Morris—. Sloan me comentó que creció en esta casa, ¿no?

—Sí. —Morris mira el gran roble—. Aunque me mudé a Ypsilanti para ir a la universidad y luego viví a unos kilómetros al sur de aquí la mayor parte de mi vida adulta, cuando daba clases en la Secundaria Coral Cove.

—Se volvió a mudar a esta casa con mi padre cuando se casaron —le dice Sloan a Todd.

La madre de Morris murió antes de que Fred le propusiera

matrimonio. Y, como la casa todavía estaba a la venta, Morris le sugirió a Fred que se mudaran y la hicieran suya. Fue una de las mejores decisiones que había tomado en su vida. Pero ahora que es un viudo jubilado de setenta y tantos años que vive aquí solo, las profundas raíces de la casa le resultan un poco más agridulces.

—Todd no va a venir a ver los cuadros con nosotros, por cierto —informa Sloan—. Va a jugar al baloncesto al parque y nos va a dejar de camino, y después puede traerte a casa. La caja de su camioneta es muy espaciosa, por si decides llevarte algún cuadro, así que pensé que sería más útil que mi auto.

Un minuto después, sin embargo, con Morris apretado entre los hombros de la pareja en el asiento delantero, Sloan parece estar replanteándose esa postura.

—Puede que me equivocara —dice a regañadientes—. Lo siento, señor Warn... *Morris.*

Todd se ríe con incomodidad y sube el volumen de la música computarizada que tiene puesta en los altavoces. Si Morris tuviera que adivinar, diría que es ese género EDM del que ha oído hablar más últimamente, a pesar de no tener ni idea de qué significa EDM.

—¿Te importa si...? —le pregunta Sloan a Morris al tiempo que revela un objeto tubular en la palma de la mano.

Morris está bastante seguro de que es uno de esos vapeadores sobre los que sus amigos profesores con personalidad tipo A siempre advierten a los padres en sus hiperbólicas publicaciones de Facebook. Pero, al igual que con el gusto musical de Todd, existe una posibilidad bastante remota de que se equivoque.

—Por favor —contesta Morris con calma, como si le preguntaran eso cada dos por tres—, adelante.

Entre la música EDM que hace que vibre el cojín que tiene bajo el trasero y el olor afrutado de sea cual sea la droga que está inhalando Sloan a su derecha, Morris no recuerda haberse sentido tan viejo entre dos personas desde que les dio una clase a estudiantes de noveno en 2016.

Unos minutos más tarde, Todd entra en el centro de almacenamiento, donde filas y filas de puertas enrollables grises que parecen garajes bordean la acera. Sloan y Morris salen de la camioneta después de que Todd encuentre la unidad correcta y se despiden antes de que él se marche. Sloan abre y sube la puerta, lo que deja al descubierto una cantidad de cosas amontonadas digna de un acumulador compulsivo.

Delante de ellos hay apilados muebles dañados, cajas de cachivaches y máquinas para hacer deporte en casa llenas del polvo. No es exactamente lo que Morris se había imaginado cuando pensó en comprar arte con su hijastra, pero no dice nada.

—Guau. —Suspira Sloan mientras contempla la escena—. Hay más porquería de la que recuerdo. Me pregunto quién fue el último en venir...

—¿Todo esto no es tuyo? —pregunta Morris, confundido.

—No, lo siento si no quedó claro. —Sloan empieza a caminar por el único sendero estrecho sin obstáculos que llega a la parte trasera de la unidad—. Es de mi familia, así que todos los Hopperbot han traído trastos aquí en algún momento. Está claro que se han multiplicado con los años.

Después de que Morris le enviara un mensaje a Sloan para ir a comprar arte, ella mencionó que había guardado sus obras de arte viejas en un almacén antes de mudarse con Todd. Le aseguró que todas las piezas estaban en buen estado; simplemente no encajaban con las *vibras* (palabra de ella) del nuevo apartamento.

Morris sigue a Sloan y se adentra en el mar de cosas.

—Aquí está nuestra sección de decoración de hogar —bromea Sloan al tiempo que señala la esquina del fondo—. Lo sé. —Suspira al verle la cara a Morris—. Es un montón.

A su alrededor hay docenas de fotografías, láminas enmarcadas y lienzos apilados y ordenados por grupos.

—¿Siempre te ha interesado el arte? —pregunta Morris.

—¿Más o menos? —responde—. Quiero decir, hoy en día me apasiona hacer animalitos tejidos a gancho, si es que a eso se le puede llamar arte...

—Para mí lo es.

—Pero dibujé y pinté mucho en la secundaria —continúa—. Tomé las asignaturas optativas del señor Porter los cuatro años.

—Eso explica todas las tardanzas —murmura Morris lo bastante alto como para que Sloan lo oiga mientras mira un cuadro por encima de las gafas—. Seguro que tenías la clase de arte del señor Porter antes de la de Historia.

Sloan sonríe.

Empieza a repasar rápidamente las obras que está ofreciendo. No todas las piezas son del agrado de Morris (hay tres pinturas abstractas estridentes que parecen más apropiadas para una casa embrujada), pero ve unas cuantas que podrían colgarse en las paredes de su sala.

—La única obra que no puedes llevarte es esta —dice Sloan al tiempo que señala una lámina con la cabeza—. Por desgracia, un familiar me la pidió hace años.

Morris se gira, esperando ver la obra más bonita de la unidad, pero, en vez de eso, se encuentra una ilustración absurda de Charlie Chaplin posando con un bastón. Se ríe entre dientes.

—Me parece bien dejar esa aquí —dice—. A ver si lo adivino: ¿el familiar del que hablas es Paul?

Sloan lo mira sorprendida.

—¿Cómo lo sabes?

Morris se encoge de hombros.

—También tuve a Paul en clase. Creo que la frase «payaso de la clase» se acuñó en su honor.

Sloan se ríe y sacude la cabeza.

—En eso no te equivocas.

Después de revisar el resto y examinar con más detenimiento la pila de «tal vez», Morris está contento con las siete obras que ha elegido. Sloan sugiere que la más grande (una lámina de Rothko anaranjada y amarilla enmarcada en madera blanca) cubra la pared junto a la estantería abarrotada que tiene en casa y que las seis piezas más pequeñas podrían funcionar como una minigalería de pared en el espacio vacío situado junto a la televisión. Incluso sin saber qué es una «minigalería de pared», Morris está impresionado con su visión.

—Tienes talento para estas cosas, Sloan —comenta mientras examina un faro pintado en un lienzo—. Lo sabes, ¿no?

La pilla sonrojándose, y a Morris le alegra saber que un cumplido suyo significa algo.

—Ah, por *eso* está mucho más llena la unidad —dice Sloan al tiempo que parece percatarse de una nueva sección de objetos guardados—. Harriet ha metido un montón de trastos que no quería llevarse a su nueva casa.

Morris no pretende ser entrometido, pero no puede evitar echarle un vistazo a la vida de su otra hijastra. Se anima cuando ve algo familiar contra un mapa roto de la Tierra Media cerca de la pared.

—Lo reconozco —dice con una sonrisa.

Tras unos segundos de búsqueda, Sloan también lo identifica.

—¡El proyecto de Rosie, la remachadora, que hizo Harriet para tu clase!

A Morris le sorprende que lo sepa.

—¿Harriet te lo contó?

Sloan lo mira como si estuviera loco.

—Harriet no *paraba* de hablar de ese proyecto. Debería estar enfadada contigo por haberle mandado esa tarea, la verdad.

Morris se queda mirando la cartulina blanca, que se ha puesto bastante amarilla después de todos los años que han pasado desde que Harriet fue a la secundaria. Tiene una Rosie dibujada a mano en el centro, rodeada de una cronología de acontecimientos históricos y datos curiosos sobre el papel de las mujeres en la guerra.

—Decidió dedicarse al *marketing* por Rosie y el poder de la publicidad, la propaganda y *bla, bla, bla,* todo eso. —Sloan hace una pausa y luego mira a Morris—. Te lo contaría por aquel entonces, ¿no?

Morris nota cómo se le cierra la garganta por la emoción, pero no lo deja ver.

—Puede —contesta, fingiendo recordarlo—. Me suena.

Pero sabe que Harriet nunca se lo mencionó. Se acordaría.

Con la esperanza de cambiar de tema antes de que se le vean las lágrimas, Morris señala unas obras de ficción dignas de una biblioteca que se tambalean sobre un contenedor.

—¿Qué tiene tu hermana contra los libros? —bromea.

—¿La verdad? Llévate todos los que quieras —responde—. Harriet no va a darse cuenta de que no están.

—No, no. Ya tengo demasiados libros en casa.

—No te falta razón. —Sloan le quita el polvo a la pantalla de una lámpara—. Me di cuenta cuando te visité. Te encantan las biografías. —Reconsidera su elección de palabras—. ¿O son autobiografías? ¿Memorias? Ni siquiera estoy segura de cuáles son las diferencias entre las tres.

—¿Quieres que te las diga?

Niega con la cabeza con desdén.

—No, se me van a olvidar en cuanto salga de aquí.

Morris sonríe.

—¿Por qué te gustan tanto las biografías? —pregunta Sloan mientras vuelve a mirar los libros de Harriet—. Vi que tenías una de Lucille Ball. Y de Denzel Washington. Y, bueno, de todos los políticos.

—Me parecen fascinantes.

—Pero ¿por qué?

Es la primera vez que le hacen esa pregunta, por lo que Morris necesita un momento para pensar la respuesta.

—Si has vivido una vida que justifica una biografía, lo más probable es que hayas vivido una vida que, para bien o para mal, haya dejado una huella en el mundo.

Sloan reflexiona sobre su razonamiento.

—No es por ponerme en plan maestra de kínder contigo, pero ¿acaso no todos dejamos una huella en el mundo?

—A ver, sí, por supuesto. —Hace una pausa—. Quizás sea una cuestión de magnitud. Roosevelt aprobó el New Deal, por ejemplo. Yo, en cambio, sigo viviendo en la casa de mi infancia.

Morris pretendía que lo interpretara como una broma, pero la mirada de Sloan no apoya su autodesprecio.

—Por si sirve de algo, yo creo que has dejado huella. Odiaba todas las clases de la secundaria, más o menos, pero la tuya la odiaba menos de lo normal.

Morris sonríe.

—¿De verdad?

Sloan asiente.

—¿Eras un profesor estricto? Desde luego. ¿Eso molestaba a los alumnos a veces? Totalmente; lo sé por experiencia propia. Pero eras justo y hacías que la clase fuera interesante. Eras el favorito de los alumnos, sin duda.

Morris se burla. Si bien aprecia la generosidad de Sloan, está siendo demasiado amable. Morris no tiene reparos en aceptar que era un profesor estricto (e incluso se enorgullece de decirlo), pero la idea de que sus clases de Historia fueran apreciadas a nivel general es francamente ridícula.

—No me crees —dice Sloan, mirando a Morris con incredulidad—, ¿verdad?

Nota cómo se le calientan las mejillas. A lo mejor debería darse un poco más de crédito. Después de todo, nunca hubiera imaginado que un exalumno convertido en cartero (*repartidor*) mencionaría el Ejército Fantasma de la Segunda Guerra Mundial en su puerta años después de graduarse.

—A ver —continúa Sloan, y señala a Rosie, la remachadora—, la gente de treinta y tantos no guarda proyectos de la secundaria a menos que estos hayan dejado una huella. —Hace una pausa—. A no ser que almacenen cosas de manera compulsiva y probablemente deberían buscar ayuda. Pero, aun así.

Todd llega unos minutos después y ayuda a Morris y a Sloan a colocar las obras elegidas en la parte trasera de la camioneta. Una vez cargadas, Morris se apretuja en el asiento del medio una vez más, solo que esta vez siente cómo el sudor del brazo derecho de Todd se le filtra en la manga izquierda.

—Lo siento, señor Warner —dice Todd, sintiéndose mal—, hoy no tenían trapos para el sudor en la cancha.

Morris sonríe.

—No pasa nada, Todd.

Giran y aparece la casa de Morris más abajo.

—¿Cuándo se construyó su casa? —pregunta Todd—. Tiene mucho carácter, a diferencia de las construcciones nuevas que están apareciendo en el centro.

—Dios, ya mismo debe de cumplir cien años.

Sloan abre los ojos de par en par.

—No sabía que era *tan* vieja —dice mientras Todd se mete en el camino de entrada—. Está genial para tener cien años.

—Yo también lo creo —coincide Morris.

—¿Quieres que se quede en la familia? —pregunta Sloan. Morris ve cómo se arrepiente de haber hecho la pregunta al instante—. Ha sido una estupidez. No tienes que responder.

—¿Por qué? —pregunta Todd.

Sloan le lanza una mirada.

—Ah.

Morris no tiene hijos, lo que, supone, es la razón por la que Sloan se ha retractado de su pregunta. En realidad, no tiene familia *en absoluto*. Sus padres fallecieron hace mucho tiempo, y su único hermano se mudó al sur y murió en un accidente de moto hace siglos. Cualquier otro pariente lejano está demasiado lejos, a nivel geográfico o por cualquier otro motivo, como para que Morris lo considere familia.

—¿Cuánto te debo? —le pregunta Morris a Sloan, bajándose de la camioneta, mientras Todd y sus brazos grandes y sudorosos meten todas las obras dentro.

Sloan hace a un lado la pregunta.

—No te preocupes.

—No, insisto.

—Las habríamos vendido todas por veinticinco centavos en

un mercadillo en algún momento. —Se encoge de hombros—. Por favor, no me debes nada.

Mientras Morris se despide de ellos desde el porche momentos después, la camioneta se detiene en mitad de la calle. La ventanilla del copiloto baja y aparece la cara de Sloan.

—¡Una pregunta rápida! —grita—. ¿Te gustaría venir a nuestra boda en julio?

Morris siente que se le llena el estómago de alegría.

—No hace falta que respondas ya —se apresura añadir Sloan en tono nervioso—. Pero déjame saberlo pronto. O sea, no hace falta que sea *pronto* pronto, en un par de semanas o algo así, ¿supongo? No lo sé. Cuando tú puedas. Vale, ¡adiós!

La camioneta de Todd desaparece calle abajo antes de que Morris pueda decir nada.

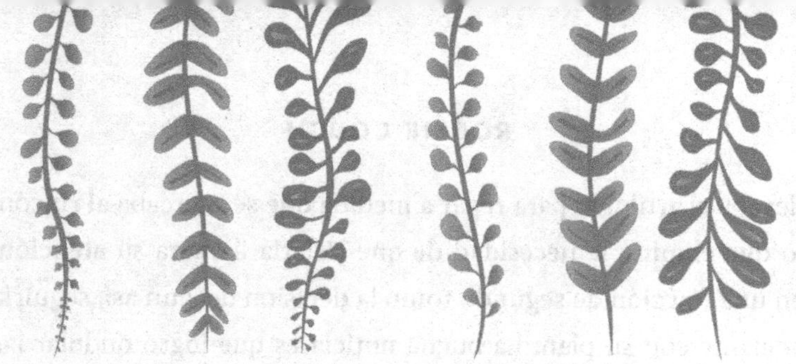

CAPÍTULO 19

Jade

¿QUIÉN ERA? —PREGUNTO MIENTRAS ANALIZO la colorida pila de madera y plásticos que ha aparecido cerca. Calcular la edad de los *sapiens* nunca ha sido una de mis habilidades, así que me disculpo por la falta de especificidad, pero diría que el hombre que ha traído los objetos tenía entre diez y sesenta años. A juzgar por su paso ágil, estoy segura de que era más joven que Segundo Sapiens—. Se ha ido con la misma premura con la que ha entrado, así que no he podido verlo bien.

—A lo mejor Valeria lo ha asustado —comenta Blaze—, igual que ha hecho antes con el otro.

—Ha dicho que lo siente —contesto en defensa de Valeria.

—Te lo agradezco, cariño, pero no sirve de nada. —Valeria suspira—. Lo va a mencionar hasta el día que nos muramos.

—Que será cualquier día de estos —ataca Blaze—, gracias a ti.

Una de las hojas de Valeria se hunde de la tristeza. Me dolería el corazón por ella si tuviera uno.

Aunque Blaze intentó advertirnos de que Segundo Sapiens

llevaba el artilugio para regar a medida que se acercaba al rincón, lo que eliminó la necesidad de que Valeria llamara su atención, en una fracción de segundo tomó la decisión de, aun así, seguiría adelante con su plan. La buena noticia es que logró ondular las hojas de manera satisfactoria. La mala noticia es que las onduló de manera *demasiado* satisfactoria. Asustó tanto a Segundo Sapiens que se le cayó el artilugio para regar al suelo. Y, ahora, podemos ver al felino negro disfrutando mientras lame los restos de humedad que quedan.

—Oye, al menos Valeria lo ha intentado —le digo a Blaze—. ¿Qué has hecho tú para salvarnos desde que murió Primer Sapiens?

Blaze se altera.

—¿Te refieres a aparte de advertirle a Valeria hace un momento que *no* hiciera lo que ha acabado impidiendo que nos salvemos?

—¿Ves? —me dice Valeria—. No sirve de nada, de verdad.

—Tú tampoco has intentado nada, Jade —continúa Blaze—, así que no entiendo por qué me criticas.

—Sabes que no puede —le susurra Valeria—. Es demasiado joven y frágil. —Valeria me mira—. Lo siento, cariño, pero lo eres.

No me ofende. Sé que es la verdad.

—Vale, *bien* —dice Blaze—. Tengo una idea para intentar llamar su atención. Creo que funcionaría mejor si espero a que esté viendo la caja de luz de la pared por la noche.

—Hola. —Una voz grave y retumbante entra por la ventana.

Valeria, Blaze y yo enmudecemos de asombro.

Es Oakley, el árbol de la entrada, cuyas ramas zigzaguean por el cielo en todas direcciones. Él también se está muriendo. Pero a diferencia de nosotras tres, que somos unas simples plantas de interior, su muerte ha sido lenta y natural, como lo demuestra la corteza agrietada de su tronco anciano. Los árboles son la flora más sabia de la Tierra y rara vez interactúan con las plantas de interior, así que Valeria, Blaze y yo dirigimos nuestra atención al exterior al instante.

—Hola, Oakley —saluda Valeria con dulzura.

—¡Hola! —exclama Blaze con voz aguda y alegre. Porque incluso Blaze tiene que ser amable con los árboles.

—¿He oído que han dicho que Primer Sapiens ha muerto? —pregunta Oakley.

—Sí —respondo.

Transcurren muchos segundos en silencio. Empiezo a pensar que Oakley se ha olvidado de nosotras hasta que su voz grave y profunda vuelve a sonar desde el exterior.

—Entonces enviaré a la criatura.

—¿Criatura? —pregunta Valeria—. ¿A qué criatura te refieres?

Transcurren muchos segundos más en silencio. Pero, esta vez, Oakley sí que ha decidido que la conversación ha terminado.

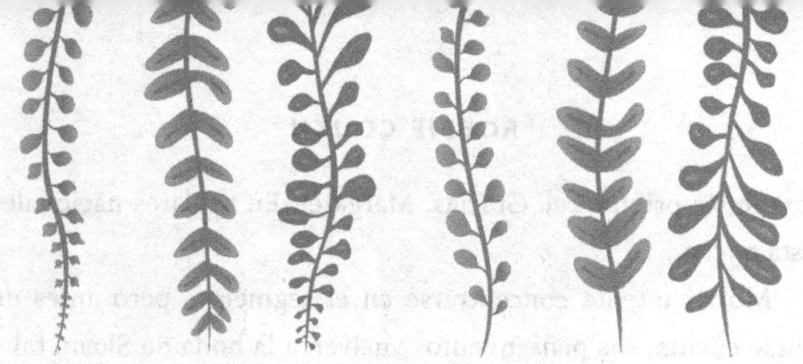

CAPÍTULO 20

Morris

TRAS UNA TARDE PRODUCTIVA COLGANDO los cuadros que le ha regalado Sloan y en la que le ha enviado una respuesta sarcástica a Nicholas sobre la mejor película de *Bridget Jones*, Morris se acomoda en la sala con una copa de vino tinto mientras terminan las noticias locales antes de *Jeopardy!*

Al igual que con el Club de Cine Plateado, a Morris no se le había dado muy bien mantener la tradición nocturna de ver la televisión que había establecido con Fred, pero ha vuelto a la normalidad en los últimos días. Ahora, en vez de tener a Fred gritándole las respuestas a la televisión, solo tiene a Rascal como competidor. No es lo mismo, pero podría ser peor.

—Mira quién se siente seguro hoy —dice Morris.

El gato le lanza una mirada a Morris junto con un maullido desde donde está sentado en el borde de la mesa de centro; luego se vuelve hacia el pronóstico del tiempo.

—Por mucho que odie llevar paraguas, tienes razón —dice el presentador de las noticias—, hace tiempo que deberíamos tener una lluvia primaveral. Gracias, Margaret. En titulares nacionales esta noche...

Morris intenta concentrarse en el segmento, pero antes de darse cuenta, sus pensamientos vuelven a la boda de Sloan, tal y como han estado haciendo todo el día.

La verdad es que no han parado desde que lo invitó.

Por un lado, lo conmueve mucho que Sloan haya pensado en incluirlo. Pero, por otro lado, no se imagina que el resto de la familia Hopperbot apruebe que se presente allí, sobre todo Beth. Sin embargo, le impactó saber que Harriet había guardado su proyecto sobre Rosie, la remachadora después de todos estos años y que lo considere la chispa que la llevó al *marketing*. A lo mejor no desprecia a Morris tanto como él cree.

Pero sigue siendo un a lo mejor.

Asistiría a la boda sin dudarlo si tuviera la opción de ser invisible y quedarse en la esquina de atrás como un espectador silencioso. De lo contrario, casi seguro que su presencia causaría una fricción innecesaria.

La atención de Morris se desvía de la televisión hacia el roble que se asoma por la ventana a medida que el crepúsculo cubre el jardín.

—¿Qué querrías que hiciera? —le murmura a Fred, por si acaso está ahí fuera escuchando.

Sabe lo que diría su marido, obvio. Fred siempre deseó que Morris y los niños estuvieran más unidos, e intentó que ocurriera. Pero los Hopperbot no hicieron más que distanciarse de Morris con el paso de los años. Su nombre quedaba excluido en muchas invitaciones a reuniones familiares, y los niños parecían preferir cenar con su padre en un restaurante en lugar de compartir una comida con Morris en casa.

Por lo que a Morris le resulta fácil imaginarse a un Fred jubiloso gritando: «¡Tienes que ir a la boda!", junto a él en el sofá, antes de gritar: "¡Qué son los higienistas dentales!», que es la primera respuesta en *Jeopardy!*

Algo le llama la atención a Morris por el rabillo del ojo.

—Guau —le susurra a Rascal—, ¿había brillado tanto alguna vez?

Junto a la planta grande que lo asustó y la suculenta más pequeña que Sloan rescató del rincón (que *todavía* no ha regado, se da cuenta, sintiéndose culpable), la tercera, de tamaño mediano, ha adquirido un color nuevo y maravilloso. Sus hojas suelen tener un brillo rojizo, pero se han transformado en el color de un camión de bomberos. La planta parece demasiado bonita como para ser un error.

—Igual *no debería* regar esa entonces —le dice a Rascal, que está demasiado concentrado respondiendo preguntas de *Jeopardy!* como para contestarle.

Con la copa de vino en la mano, Morris se acerca al rincón. Al agacharse para ver mejor las hojas de un brillo sospechoso, algo entra zumbando por la ventana abierta. Morris se sobresalta y se le cae la copa de vino, que se hace añicos en el suelo.

—¿*Otra vez*? —se pregunta mientras observa el desastre.

Sin embargo, Morris no tiene tiempo de molestarse, ya que la criatura visitante que bate las alas frente a él lo deja en estado de conmoción.

Es un colibrí gorgirrubí. El favorito de Fred. Morris no sabe nada de animales, pero reconoce las distintivas plumas rojizas bajo el pico del ave de todas las veces que Fred las señaló con alegría en el jardín delantero.

Pero nunca habían volado *dentro* de la casa.

El pájaro sobrevuela justo encima de una pila de correo basura que hay en el suelo y que a Morris se le ha olvidado tirar a la basura hoy. No está seguro de si los pájaros son capaces de *mirar fijamente*, pero, si lo son, los ojos de este parecen estar clavados en los suyos. Más allá del rápido aleteo, el pájaro tampoco está moviendo un músculo.

—¿Qué intentas decir? —pregunta Morris en voz baja, con la mandíbula aún desencajada por la sorpresa.

Rascal por fin aparta la vista de *Jeopardy!* y se fija en el pájaro que flota a pocos metros. El gato salta hacia él en un instante. Puede que sea lo bastante rápido como para meterse con las plantas, pero no es rival para los reflejos rápidos como un rayo del pájaro. Y, en un abrir y cerrar de ojos, el colibrí ha desaparecido por la ventana una vez más.

Rascal, confundido, observa la habitación y luego vuelve a mirar a Morris en busca de una explicación. Sin palabras, Morris se desploma en el sofá, demasiado agotado como para preocuparse por las inevitables manchas de vino tinto que impregnan su entorno.

Todo ha sucedido tan rápido que, si Rascal no hubiera atacado al colibrí, Morris se estaría preguntando si todo ha sido una alucinación. Por lo general, no es de los que creen en todas esas cosas fortuitas y místicas, pero si Morris estaba acudiendo a Fred para que le mandara la señal de que debería ir a la boda de Sloan, su marido no podría haber sido más obvio.

Morris se levanta y camina hacia la pila de correo basura sobre la que sobrevolaba el pájaro. Toma los dos sobres idénticos que hay encima: las invitaciones para el almuerzo de antiguos profesores en la secundaria. Abre uno de ellos y lee el interior, que, para su sorpresa, incluye una nota escrita a mano:

¡Espero que pueda acompañarnos, señor Warner! Ha pasado demasiado tiempo. <3 Elisa

—Rayos —susurra Morris, frustrado consigo mismo por no haber abierto la invitación antes. La que organiza el evento es la misma profesora que se llevó las plantas de Fred a su clase de Biología de la Secundaria Coral Cove. También es una de sus exalumnas favoritas.

Sin pensárselo dos veces, Morris busca el celular para mandarle un mensaje a Elisa, cuyo número tiene anotado, para confirmar su asistencia:

Elisa, disculpa la demora en responder. Sin duda, los acompañaré en el almuerzo de antiguos profesores, y estoy deseando verlos. (Estoy de acuerdo, ¡ha pasado demasiado tiempo!) -Morris

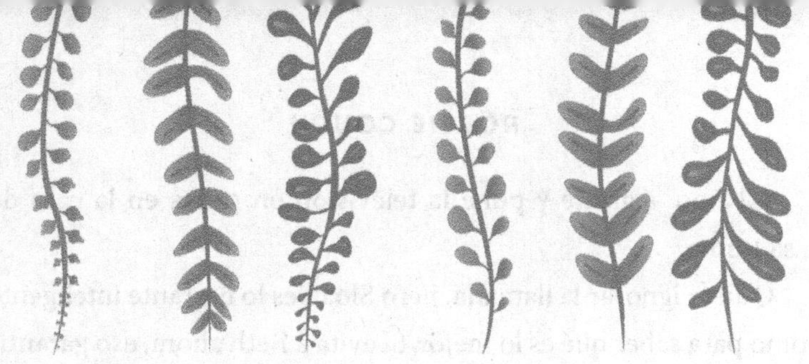

CAPÍTULO 21

Sloan

A SLOAN LE ENCANTAN LAS NOCHES que se pasa en el sofá con Todd a su lado, casi siempre con una pizza a domicilio entre ambos y una serie dramática de ciencia ficción en la televisión. Pero Todd va a pasar la noche en Chicago por el cumpleaños de un amigo, y entre todos los preparativos de la boda y los dos turnos extra que ha hecho para cubrir a una amiga en el trabajo, a Sloan le parece bien tener una noche para ella sola.

Con una sonrisa de felicidad, Sloan deja el pingüino tejido a gancho que casi ha terminado y le da al botón de reproducir en el control remoto. Es probable que esta sea la única oportunidad que tenga esta semana de ver *The Real Housewives* sin que Todd finja juzgar sus hábitos de consumo desde lejos, aunque sabe que está devorando cada escena en secreto.

Su felicidad no dura mucho, sin embargo, cuando su celular se ilumina con una llamada entrante de FaceTime. Se inclina y lee: «Mamá».

—Nooo —gruñe y pone la televisión en pausa en la cara de Lisa Rinna.

Quiere ignorar la llamada, pero Sloan es lo bastante inteligente como para saber qué es lo mejor. Si evita a Beth ahora, eso garantizará que siga intentando llamarla por FaceTime hasta nuevo aviso. Más le vale acabar con esto de una vez.

Contesta.

—Hola.

—Mira con quién voy a pasar la noche —dice Beth, y enseguida Sloan pasa de mirar la cara agrandada de Beth a la adorable de Stephen.

Está sentado con las piernas cruzadas y sospechosamente inmóvil sobre la horrible alfombra que Sloan reconoce de la McMansion de Harriet. Tiene el pelo engominado hacia atrás y la raya a un lado, y lleva un esmoquin azul cielo tan diminuto como adorable. A Sloan se le había olvidado por completo que hoy era cuando Beth planeaba recoger el conjunto que va a llevar Stephen en la boda.

—Dios, esto es demasiado —contesta Sloan al tiempo que le tocan la fibra sensible a través del celular. Saluda a su sobrino con la mano—. ¡Hola, precioso!

Él le devuelve la mirada sin expresión, en apariencia inseguro de qué pensar sobre el extraño atuendo que le ha puesto su abuela a la fuerza.

—Harriet dijo que nunca se había puesto un esmoquin —comenta Beth, sorprendida, como si la mayoría de los niños de un año asistieran de manera rutinaria a eventos de etiqueta—. Creo que lo está desconcertando.

—Ten cuidado de que no se derrame ese zumo encima.

Sloan ve cómo la mano de Beth aparece a toda velocidad para apartar un vaso con boquilla.

—Entonces, ¿te gusta el azul cielo? —pregunta Beth, que vuelve a apuntarse a la cara con la cámara—. Todavía tenemos tiempo para que se pruebe el verde o ese *beige* que te gustó.

La pilla desprevenida. Hace un mes, Beth ni siquiera era capaz de plantearse la idea de que su nieto usara otro color en la boda que no fuera azul cielo.

—Oh, no, ¿se congeló la pantalla? —pregunta Beth cuando Sloan no responde—. Siempre pasa...

—No, está bien —responde Sloan—. Sí, doy el visto bueno al azul cielo. —Hace una pausa—. Gracias por preguntar.

Beth abre y cierra la boca, dudando en decir lo que sea que tiene en mente. Al notar el nerviosismo de su madre, Sloan cambia la expresión para adoptar una cara de póquer y espera con paciencia a que Beth continúe. Después de todo, no quiere arriesgarse a asustarla y provocar que se calle cuando tiene la sensación de que podría estar a punto de decirle algo importante por una vez.

—Quería disculparme por cómo me comporté en el cumpleaños de Stephen —dice Beth. Parece que le ha costado un esfuerzo titánico pronunciar esas palabras, pero, aun así, Sloan está tan agradecida como sorprendida por la disculpa.

—Gracias. —Es lo único que se le ocurre decir como respuesta.

—Ya sabes cómo me pongo cuando surge un asunto relacionado con tu padre —admite Beth—. He estado trabajando en ello en terapia.

A Sloan le resulta imposible mantener la cara de póquer después de enterarse de eso.

—¿*Vas* a terapia?

—Lo sé —contesta Beth, preparándose para el fuego enemigo—. Búrlate todo lo que quieras.

—No me estoy burlando —dice Sloan—. Eso es genial. —Contempla si quiere dirigir la conversación en esa dirección—. Ya que lo has mencionado... ¿podemos hablar de cómo te pones cuando surge algo sobre papá?

Beth apenas reacciona, sino que murmura a regañadientes:

—Claro.

Sloan piensa.

—Supongo que solo me preguntaba... ¿por qué te molestó tanto que usara su colonia?

Beth se burla.

—¿Has bloqueado lo que me hizo, lo que *nos* hizo, cuando ibas a la secundaria? Cuando los pillé a Morris y a él ese día, yo...

—No, lo entiendo, mamá —interrumpe Sloan, intentando ser paciente—. No digo que *no debería* haberte molestado. —Se toma un momento para ordenar sus pensamientos—. Supongo que, no sé, papá te hizo daño, y eso es una mierda enorme. Yo también estaría furiosa si Todd me engañara. Pero también has evitado hablar de ello con nosotros de un modo real. Y además, esperas que odiemos a nuestro padre, y a Morris, a pesar de que nunca hemos profundizado en lo que...

—Yo no quiero eso, Sloan —dice Beth—. No quiero que odies a nadie.

—Parece que todavía te duele lo que pasó, mamá, eso es todo —concluye Sloan, y su franqueza la sorprende incluso a sí misma—. Y quiero asegurarme de que estés bien.

Beth asiente, pero se queda callada. Por lo general, es reservada, pero a Sloan le resulta aún más difícil adivinar lo que piensa su madre en una videollamada en la que hay poca luz.

—Uy, uy, se está moviendo —dice Beth al tiempo que las risas de Stephen viajan a través del celular. La pantalla se vuelve borrosa mientras Beth corre tras su nieto—. Tengo que quitarle el esmoquin antes de que lo destroce, te llamo a lo largo de la semana.

—Me parece bien —contesta Sloan—. Y gracias otra vez por disculparte.

La pantalla muestra el rostro de Beth el tiempo suficiente para que la vea sonreír, y luego se acaba. Se queda mirando el pingüino tejido a gancho que tiene delante, sintiéndose gratamente desorientada ante el nuevo viaje de su madre hacia la autoconciencia.

Sloan se da cuenta de que se ha saltado un mensaje de Morris durante la videollamada y pulsa con entusiasmo para leerlo, pero no antes de que una oleada de miedo la devuelva a la realidad.

Aparte de Todd, Sloan no le ha contado a nadie que ha invitado a Morris a la boda. Pensó que sería una tontería decirle algo a su familia y armar un escándalo antes de que Morris confirmara su asistencia. Pero, dependiendo de su respuesta, Sloan ya no va a poder posponer lo que, sin duda, será una conversación extremadamente incómoda.

Lee el mensaje:

Hola, Sloan. Soy Morris Warner. Me gustaría ir a un bar gay dentro de poco. ¿Te interesaría venir conmigo?

Sloan sonríe, aliviada, agradecida de poder justificar el posponer la noticia a su familia unos días más, y responde:

Claro. ¿Mañana? La *happy hour* de Harry el Peludo empieza a las cinco.

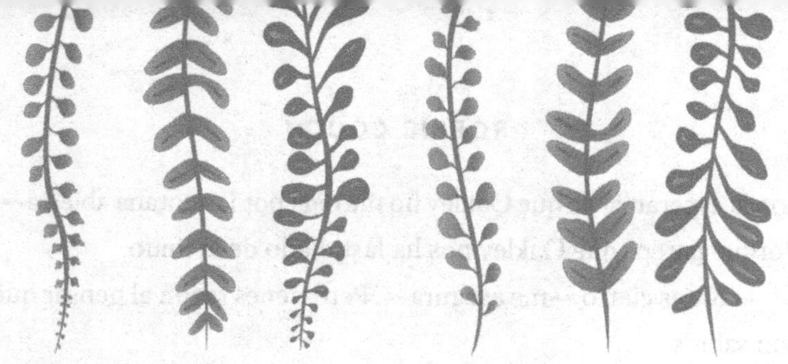

CAPÍTULO 22

Jade

TENÍA LA ESPERANZA DE QUE, con la ayuda de Oakley, Segundo Sapiens viniera a rescatarnos. Pero, tal y como lo evidencia la tierra de mi maceta, casi convertida en polvo de lo seca que está, el intento del árbol ha fracasado. De hecho, no solo ha fracasado, sino que la brillante decisión de Oakley de enviar a una criatura alada a la casa justo cuando Segundo Sapiens se dirigía hacia nosotras las plantas, ha arruinado lo que podría haber sido nuestra última esperanza de supervivencia. Y también ha manchado el suelo de Morris con la sangre de uva que se ha derramado.

—¡Vio mis hojas! —ruge Blaze—. Vieron cómo venía a verme, ¿verdad? ¡Podría haber sido nuestro momento!

No se equivoca. Al igual que las hojas ondulantes de Valeria asustaron a Segundo Sapiens con anterioridad, el zumbido del pájaro desvió su atención de nuestras muertes inminentes hacia cosas menos importantes. ¿Por qué haría eso Oakley?

—Pensaba que los árboles eran sabios —le susurro a Valeria,

con la esperanza de que Oakley no me oiga por la ventana abierta—. Porque parece que Oakley nos ha fastidiado de lo lindo.

—No es cierto —me asegura—. Pero tienes razón al pensar que son sabios.

—Pues no lo parece —replica Blaze, todavía temblando de la rabia—. A menos que pienses que es *sabio* asegurar nuestras muertes.

—Llevo aquí mucho más tiempo que ustedes dos —dice Valeria—. Créanme, los árboles obran de maneras misteriosas. Y nunca cometen errores.

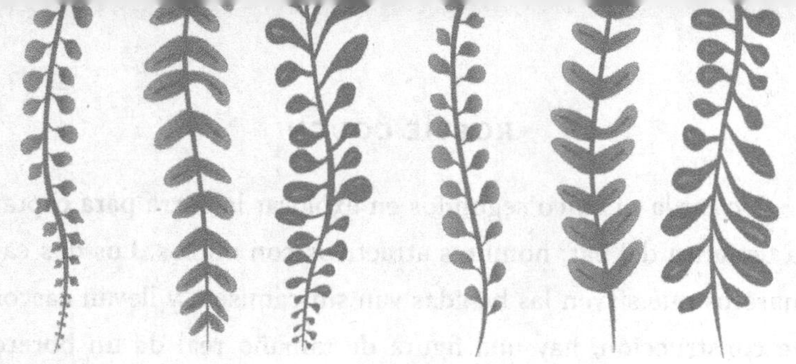

CAPÍTULO 23

Morris

Morris no recuerda la última vez que estuvo en un bar, y mucho menos en uno gay. No es de extrañar que Fred y Morris no fueran unos fiesteros, teniendo en cuenta que se conocieron con más de sesenta años, pero incluso de joven, Morris prefería las reuniones pequeñas con buenos amigos a los *pubs* bulliciosos con desconocidos. Los bares requieren habilidades sociales que Morris nunca dominó. Pero con suerte, después de la prueba de hoy en Harry el Peludo con Sloan, podrá traer a Nicholas cuando el expatriado estadounidense se mude el mes que viene y entrar como si fuera el dueño del lugar. O, al menos, no estar hecho un manojo de nervios.

Morris abre la puerta y entra con la esperanza de no ver a nadie conocido. No porque le dé miedo ir a un bar gay (después de todo, Morris fue el primer profesor de la Secundaria Coral Cove en salir del clóset públicamente en los noventa), sino porque su habilidad para entablar una charla trivial está, sin duda, más oxidada que nunca.

No tarda ni cinco segundos en explorar la barra para captar la temática del bar: hombres atractivos con oficios. Los dos camareros que sirven las bebidas van sin camiseta y llevan cascos de construcción, hay una figura de tamaño real de un obrero con cartucheras que le indica a los clientes dónde está el baño de hombres y el primer artículo del menú de la *happy hour* que Morris ve en un cartel detrás de la barra se llama «Taladro de Albañil».

Se sienta en la barra y se pregunta cuán incómodo debe ser estar aquí con su hijastra durante la *happy hour*. Sin embargo, fue ella la que le sugirió el lugar, así que es de presumir que Sloan no tiene reparos en probar un cóctel con un nombre inspirado en un falo. Por suerte, no debe de haber más de una docena de personas aquí, y Morris no reconoce a ninguna. Pero mientras espera a que un camarero lo vea, una voz a sus espaldas sugiere que igual se le ha pasado alguna cara.

—¿Es Morris Warner en persona?

Morris ve a un cincuentón pecoso acercándose con una cerveza en la mano.

—Finn —dice con una sonrisa—, cuánto tiempo.

De todos los conocidos que Morris podría haber visto en Harry el Peludo, había peores opciones que Finn Plunkerton. Finn estaba en el mismo club social que parecía, casi de manera cómica, hecho a medida para Fred: un grupo de observación de aves para personas mayores *queer* de Coral Cove. Morris se unía de vez en cuando a sus reuniones mensuales siempre que Fred conseguía sacarlo de la cama antes de que Morris pospusiera la alarma, pero la mayoría de los sábados el sueño lo vencía.

—Caleb está aquí —dice Finn, refiriéndose a su marido, y señala a un hombre corpulento que lleva una gorra. Caleb saluda a

Morris desde la mesa de la esquina, donde está sentado junto a otros—. ¿Quieres unirte?

—Lo haría, pero estoy esperando a una amiga —responde Morris mientras devuelve el saludo.

—No te preocupes. —Finn espera un momento—. ¿Cómo has estado?

Morris se acuerda de que entablar una charla trivial se ha vuelto menos divertido aún desde que murió Fred, ya que la formulación y el tono de la pregunta de Finn suenan como uñas contra una pizarra. Morris ha aprendido que hay una diferencia enorme entre un sonriente «¿Cómo estás?» y un vacilante «¿Cómo has estado?», y el factor determinante, al menos en el caso de Morris, es un marido muerto.

—He estado mejor, por razones obvias —contesta Morris, disimulando la incomodidad con una risa—, pero estoy volviendo a salir.

Morris ha usado esa frase una y otra vez desde la muerte de Fred. Pero esta vez, entre el autocine con Sloan, su relación cada vez más estrecha con Nicholas y el hecho de que incluso está en Harry el Peludo a la hora de responder a la pregunta, indica la verdad.

—Bien. —Finn le pone la mano en el hombro a Morris y le da una buena sacudida—. Te escribiré con las reuniones de observación de aves del verano en cuanto me siente.

Morris sonríe.

—De acuerdo.

—¡Lo digo en serio! —dice Finn al tiempo que se dirige a su mesa.

No mentía. A los pocos segundos de despedirse, el celular de Morris se ilumina con una notificación. Morris mira hacia la mesa de Finn y asiente en señal de agradecimiento, y Finn le hace un saludo militar como respuesta. Sin Fred haciendo de despertador adicional, duda que vuelva alguna vez a una reunión de observación de aves. Pero lo que cuenta es la intención.

—¿Ves? No ha estado tan mal —murmura Morris, volviéndose hacia la barra.

En un sutil estado de horror, Morris se da cuenta de lo normalizadas que se han vuelto sus charlas diarias con Rascal. Por suerte, parece que nadie lo ha oído. Preferiría no ser el viejo raro que habla solo en la barra durante la *happy hour*.

—Perdón por la espera —dice uno de los camareros sin camiseta, que aparece de la nada. Lo primero que ve Morris son los pectorales musculosos del hombre devolviéndole la mirada junto a las cervezas de barril—. Oye, tengo los ojos aquí arriba.

—Oh, lo siento mucho —balbucea, exhausto.

El camarero se ríe.

—Es una broma. Mira todo lo que quieras.

Morris nota cómo se le sonrojan las mejillas.

—Tomaré un Taladro de Albañil —dice, nombrando la primera bebida que se le viene a la mente en un intento desesperado por acortar la vergüenza.

—Que sean dos. —Un bolso cae en la barra junto a Morris mientras Sloan se sienta de un salto—. ¡Hola! Perdón por haber llegado tarde.

—No te preocupes. —Cinco minutos, piensa Morris mientras mira la hora. No está tan mal.

Con una blusa holgada morada y un pintalabios rojo intenso, Sloan no podía desentonar más aunque quisiera, junto a las imágenes de los mecánicos peludos y los camioneros musculosos que decoraban las paredes que los rodeaban. El camarero le pide su identificación a Sloan y luego desaparece por la barra para prepararles las bebidas.

—Un Taladro de Albañil, ¿eh? —dice Sloan con una sonrisa burlona mientras mira el resto del menú de la *happy hour*—. ¿Te interesan los obreros de la construcción o simplemente te gusta el *whiskey*? —Se retracta de inmediato—. De hecho, como mi padrastro y exprofesor, no respondas a eso.

Padrastro. Es la primera vez.

Sloan parece divertida mientras observa el resto del bar.

—Me esperaba que me superaran en número, pero nunca he sido literalmente la única mujer en Harry el Peludo. Supongo que hay una primera vez para todo.

—Siento no haberlo tenido en cuenta —se disculpa Morris casi en un susurro—. ¿Quieres quedarte?

Sloan asiente con un sí evidente.

—Las bebidas son baratas y no tengo que preocuparme por los babosos. ¿A quién no le gusta Harry el Peludo? —La expresión de Morris debe de delatarlo al instante—. Espera, ¿mi padre y tú nunca vinieron aquí?

—No, nunca.

Sloan parece sorprendida.

—Pero si podrían haber venido *caminando*.

Morris se encoge de hombros.

—La vida nocturna rara vez estaba en la vida de tu padre y la mía.

Parece que su comentario le resulta adorable, hasta que su cadena de pensamientos la lleva a otra pregunta candente.

—Pero ya has ido antes a un bar gay, ¿verdad?

—Sí. A muchos. —Se lo piensa—. Puede que no a muchos, pero este no es el primero. Aunque es el primero en mucho tiempo.

Morris ve cómo se queda pensando.

—Entonces, ¿esto tiene que ver con eso de ser un capullo versus una mariposa social?

No está seguro de qué le está preguntando.

—Oh —añade—. Estaba pensando en lo que me dijiste después del autocine sobre la dinámica que tenías con mi padre, y me hizo pensar en personas más cerradas y reservadas, como un capullo, versus una mariposa social, es decir, personas abiertas y sociables.

Morris conecta los puntos.

—Ah, ya entiendo.

No es una mala comparación.

—Supongo que a lo que me refiero —continúa Sloan—, es que ¿querías venir porque tienes la esperanza de que te ayude a salir de tu caparazón?

—En parte, sí. —Morris se aclara la garganta. De todas formas, planeaba contarle lo de Nicholas, así que ahora parece un momento tan bueno como cualquier otro para sacarlo a colación—. Antes que nada, espero que no te parezca extraño viniendo de mí, dadas las circunstancias. Y, por favor, detenme si lo es.

Sloan lo mira con recelo.

—¿Vale...?

—Pero me uní a una página de citas para personas mayores.

El rostro de Sloan se le ensancha de la alegría.

—¿Por qué me parecería extraño? Me parece genial, Morris. —Intenta, pero no logra decir lo obvio—. Oh. Te refieres a porque estuviste casado con mi padre.

Morris asiente.

—Como sea. —Sloan le resta importancia a su preocupación con una sonrisa—. ¿Has tenido algún *match* prometedor?

—Hay un hombre llamado Nicholas —responde Morris—. Vive en Londres.

A Sloan se le iluminan los ojos con intriga.

—Cuéntame más ya.

—¿Perdón?

—Lo siento, tú... sigue.

—Se muda a Saugatuck este verano —continúa Morris—, y mencionó que quería que lo llevara a un bar gay.

—Así que querías tantear el terreno en Harry el Peludo antes de traerlo.

—Exacto.

Aunque a lo mejor debería preguntarle primero a Nicholas si le gustan los bares, piensa Morris mientras su mirada se posa en un calendario de bomberos desnudos que hay colgado en la pared.

—Creo que tantear el terreno es una decisión inteligente —comenta Sloan antes de que una expresión reticente se apodere de su rostro—. Tengo una confesión que hacerte.

Morris le hace un gesto para que continúe.

—¿Recuerdas que te dije que vi lo de *Los Goonies* en tu agenda?

Asiente.

—También vi que vas a recoger a alguien llamado Nicholas en el aeropuerto, y asumo que es él —dice, y sonríe de oreja a oreja—. Eso hace que parezca que soy mucho más entrometida de lo que soy en realidad, lo juro.

—No pasa nada, Sloan.

—La única razón por la que me acordé del nombre de Nicholas es porque la fecha que vas a recogerlo en el aeropuerto es el mismo día de mi boda.

Morris se tensa.

También tenía intención de hablar de la boda hoy, pero tenía la esperanza de haberse bebido algo antes. Por suerte, el camarero sin camiseta no pudo llegar en mejor momento, y dos Taladros de Albañil aparecen frente a Morris y Sloan. Ella intenta pagar, igual que en el autocine, pero Morris le entrega la tarjeta de crédito al camarero en la mano con éxito antes de que pueda salirse con la suya.

—¿Abierta o cerrada? —le pregunta a Morris.

—¿Disculpa?

Sloan se inclina hacia Morris.

—¿Prefieres mantener la tarjeta de crédito abierta para pedir más bebidas después o cerrar la cuenta si solo vamos a tomarnos estas dos?

Morris la mira.

—¿Tú qué opinas?

Se encoge de hombros.

Morris se vuelve hacia el camarero.

—Abierta.

Sloan le sonríe al camarero mientras se aleja.

—¿Ves? Por eso te pregunté si querías venir conmigo —dice Morris.

—¿Porque soy una borracha que puede enseñarte la etiqueta de los bares?

—Porque tienes experiencia en la industria de la hostelería y puedes responder a mis preguntas estúpidas antes de que haga el ridículo delante de Nicholas.

Sloan alza la bebida.

—Bueno, en ese caso, te ayudo con gusto.

Hacen un brindis y le dan un sorbo. Aunque Morris disfruta del sabor, es difícil pasar por alto el fuerte sabor a buen *whiskey*.

Sloan también hace una mueca ante la intensidad de la bebida y se toma un momento para dejar que baje.

—Bueno, ¿has colgado ya los cuadros en la pared?

Las obras han alegrado el espacio, como explica Morris. Justo ayer, incluso pilló a Rascal admirando la acuarela del tigre que cuelga sobre el sofá. La pareja sigue charlando sobre el arte y luego profundiza en los detalles de la historia familiar de Morris en la casa. Antes de que se dé cuenta, el Taladro de Albañil de Morris se ha acabado.

—¿Otra ronda? —pregunta Sloan al tiempo que hace sonar los cubitos de hielo en su vaso, también vacío.

Morris asiente y levanta el dedo índice para llamar la atención del camarero.

—Mírate —dice ella, impresionada por su iniciativa—. Una copa y ya eres un profesional de los bares de mala muerte.

Morris nota que se le vuelven a calentar las mejillas, aunque, esta vez, el alcohol que tiene en el organismo puede tener algo que ver.

Sloan se disculpa, y Morris se queda preguntándose si habrá un equivalente femenino a la imagen recortada del obrero con cartucheras para el baño de mujeres. Ahora que se siente menos ansioso que cuando llegó, Morris vuelve a echarle un vistazo al bar, esta vez con más confianza.

Está empezando a llenarse, y le sorprende la comodidad que le proporciona la escena. Una risa aguda corta el ruido de fondo aquí y allá, ha llegado otro camarero sin camiseta para hacerle frente a la afluencia de clientes y suena un éxito musical que Morris reconoce, lo que le resulta tranquilizador.

Mientras desvía la mirada y finge no darse cuenta de que un camarero se está estirando con las manos en alto, ve a otra persona que conoce entrar en el bar.

—Elisa —murmura Morris, radiante.

La mujer tarda unos segundos más en darse cuenta también de la presencia de Morris, pero en el rostro se le dibuja la misma expresión de grata sorpresa cuando lo hace.

—Qué alegría verlo, señor Warner —dice, y se apresura a darle un abrazo. Incluso con un regalo envuelto en una mano, la fuerza con la que lo agarra confirma su sinceridad.

—Por favor —contesta—, ya eres lo bastante mayor como para llamarme Morris.

Se lo piensa y niega con la cabeza.

—Nunca me va a sonar bien pronunciar «Morris», lo siento.

Morris y Elisa se han mantenido en contacto desde que ella se graduó de la Secundaria Coral Cove hace casi dos décadas, pero cada vez que se cruzan, él sigue viendo a la adolescente que tenía en clase. Elisa tiene el pelo negro corto, grandes ojos azules y, tal y como le recuerda su camiseta, un brazo izquierdo asesino.

—No se burle de mí —dice Elisa.

—¿Burlarme de ti?

—¿Mi camiseta? —Tira de la parte inferior para que él pueda leerla con más claridad: DUGOUT DYKES SOFTBALL—. Lo sé —dice, y pone los ojos en blanco—. Soy un estereotipo con patas.

Morris se ríe.

—Bueno, ¿qué clases imparte este semestre el estereotipo con patas que tengo delante?

—Biología, por supuesto —responde—, pero también he tenido que añadir una hora de Anatomía porque la clase de undécimo del año pasado era muy grande. Pero no pasa nada. Son buenos chicos.

—Ellos también tienen suerte de tenerte como profesora.

—Las plantas de Fred están creciendo muchísimo, por cierto —dice Elisa—. A los niños les ha encantado cuidarlas en clase.

Morris siente una punzada de remordimiento al darse cuenta de lo bien que deben de estar esas plantas viviendo bajo el cuidado de Elisa en comparación con las tres a las que le cuesta mantener vivas en la ventana. *Tiene* que acordarse de regarlas mañana.

—Hablando de Fred, ¿cómo ha estado?

Morris mueve la cabeza de un lado a otro.

—Ya sabes, algunos días son más difíciles que otros. Pero en general estoy mejor.

Ella le sonríe.

—Bien. Bueno, no tiene idea de lo mucho que me emocionó recibir su mensaje sobre el almuerzo para los antiguos profesores —dice, y le da un codazo en el hombro—. Sé que otros también estarán encantados de verlo.

—Tengo muchas ganas de ir.

—Puede preguntarle a la señora Frederick sobre lo empeñada que estaba a que fuera. Como pareció que mi mensaje de Facebook no le había llegado, le envié otra invitación, y lo más probable es que hubiera enviado una tercera si no hubiera confirmado ya su asistencia.

El comentario lo deja perplejo.

—¿Me enviaste un mensaje por Facebook?

El rostro de Elisa se ve inundado por el arrepentimiento.

—Oh, sí, pero no es para tanto.

—Lo siento —dice Morris—. Llevo sin revisar los mensajes de Facebook desde... Dios, ni siquiera sé cuántos años. Ni siquiera sabía que tenía mensajes que revisar...

—¡Elisa!

Elisa estira el cuello para ver más allá de Morris.

—Mierda, no puedo llegar tarde porque estamos haciendo una fiesta sorpresa.

Morris se gira y ve una mesa llena de regalos. Todas las personas que están sentadas llevan la misma camiseta de DUGOUT DYKES SOFTBALL.

—Esas deben de ser tus amigas.

—¿Cómo lo supo?

Morris apenas se ha vuelto a girar cuando Elisa lo abraza otra vez.

—Me alegro mucho de verlo, señor Warner —dice, y le da un último abrazo antes de soltarlo.

Emocionado, Morris regresa a su Taladro de Albañil. Qué bien que se haya encontrado con Elisa. Aunque se siente mal por no haber visto su mensaje en Facebook. A lo mejor puede leerlo todavía.

La puerta de Harry el Peludo se abre y el sonido de la lluvia torrencial llena el bar. Se le olvidó que pronosticaban tormenta para esta noche.

—*Mierda* —susurra Sloan, que ha vuelto del baño y ha aparecido al lado de Morris—. ¿Qué hace ella aquí?

Al principio, lo desconcierta el comentario, ya que asume que Sloan se refiere a Elisa, pero ve que está mirando a quien acaba de entrar al bar. Cuando la mujer cierra el paraguas en la puerta y se adentra en la luz, Morris se da cuenta de que él también la reconoce. Y la reacción de Sloan al ver a su tía sin duda merece la palabra que empieza por «M».

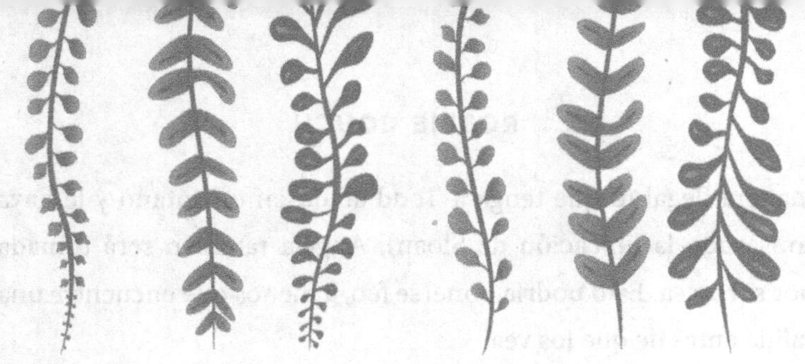

CAPÍTULO 24

Sloan

SLOAN SE DA LA VUELTA con la esperanza de que no los haya visto.

—¿Nos ha visto?

Morris mira hacia la puerta y niega con la cabeza.

—No. Todavía no, al menos.

El corazón de Sloan late tan rápido como sus pensamientos.

—¿Conoces a mi tía Angela?

Morris hace una pausa.

—Sé de ella —responde. Y, por su mirada, Sloan se da cuenta de que su padre le contó lo suficiente sobre su tía como para saber que esto no es bueno.

El último lugar de Coral Cove en el que hubiera esperado ver a Angela es en Harry el Peludo. ¿Habrá averiguado en secreto que estaba aquí al igual que hizo Beth cuando se encontraba en la pastelería? A Sloan no le sorprendería. Pero nunca ha cometido el mismo error que Todd al compartir su ubicación con un familiar. Así que, a menos que su tía haya accedido a sus mensajes de manera ilegal (o que tenga a Todd atado en un sótano y le haya sonsacado la ubicación de Sloan), Angela también será tomada por sorpresa. Esto podría ponerse feo, a menos que encuentre una salida antes de que los vea.

—¿Crees que podemos salir corriendo? —susurra Sloan.

—¿Salir *corriendo*?

Sloan asiente.

—Bueno, si es necesario correr de verdad, no estoy tan seguro... —Morris se interrumpe—. No quiero alarmarte, Sloan, pero te está mirando.

A Sloan le da un vuelco el estómago.

—¿En serio?

—Viene hacia nosotros.

—Mierda, mierda, *mierda*... —Sloan nota que alguien se le está acercando y alza la vista—. Tía Angela. Hola.

Angela se coloca entre Morris y Sloan, y parece tan divertida como sorprendida de verlos juntos.

—Vaya, vaya —dice con la boca entreabierta.

Parece que el paraguas de Angela no ha hecho bien su trabajo, ya que Sloan se percata de cómo el agua de lluvia le gotea de los rizos a lo Chia Pet, decolorados hasta adquirir el color de la nieve. Sloan no está segura de cómo su tía sigue teniendo pelo después del torrente de tintes terribles a los que se ha sometido el último mes, pero, de alguna manera, los rizos siguen ahí.

—Lo creas o no, creo que nunca nos hemos conocido... *oficialmente*, al menos —continúa Angela en un tono demasiado alegre como para creérselo. Le extiende la mano a Morris—. Angela, la tía de Sloan.

—Encantado —contesta Morris, quien se la estrecha—. Soy Morris.

—¿Qué haces aquí? —le pregunta Sloan a su tía, incapaz de ocultar su propia perplejidad.

—Voy a cenar con Francine en el nuevo restaurante griego de al lado —explica Angela—. Pero he visto tu bicicleta estacionada fuera, así que se me ha ocurrido entrar.

Sloan se regaña a sí misma. Estuvo a punto de dejarla estacionada en el callejón de al lado, donde estaría mejor escondida de la calle, pero decidió no hacerlo, ya que pensó que la paranoia la estaba dominando, y la estacionó fuera con las demás.

—¿Hay algún partido importante o algo? —pregunta Angela con una risa nerviosa al tiempo que mira a su alrededor, confundida. Parece darse cuenta de que, por cada mujer que hay en el bar, hay diez hombres.

Sloan no sabe si es una broma.

—La gente no viene a Harry el Peludo a ver ESPN.

Su tía la mira sin comprender.

—Sabes que estás en un bar gay, ¿verdad? —le pregunta Sloan.

—¿Harry el Peludo? —La tía Angela sonríe, como si fuera imposible que su sobrina esté hablando en serio—. Lleva décadas abierto.

Sloan no puede creer lo que está oyendo. Pero después de rememorar la vida tan protegida que ha llevado Angela (y también de recordar lo malo que es su *gaydar*), Sloan cree que es verdad que su tía no tiene ni idea. Señala un póster que hay en la pared de un plomero guapísimo en una cocina, que muestra el trasero a propósito.

—A ver...

Angela admite su derrota cambiando de tema con brusquedad.

—¿Cuál es la gran ocasión? —pregunta, apartándose un rizo blanco y húmedo de la frente.

—¿Ocasión? —inquiere Sloan—. ¿Tiene que haber una?

Angela los mira a las dos.

—No. Supongo que no sabía que salían como amigos.

Sloan rebusca en su cerebro para dar con una buena respuesta.

Pero Morris habla por ella.

—Oh, no hay ninguna ocasión. Vi a Sloan por casualidad y vine a saludarla, eso es todo —dice. Morris mira por encima del hombro hacia la única mesa de mujeres de Harry el Peludo—. He venido con esas chicas del sóftbol.

Angela asiente.

Sloan no sabe si se lo ha creído o no.

—Todd debe llegar en cualquier momento —añade.

—¿Ahora van a bares gay? —pregunta Angela, divertida, mientras observa a un hombre que pasa con una camiseta corta *tie-dye*—. Qué divertido.

—Nunca hemos dejado de ir a bares gay —replica Sloan con una risa forzada.

La conversación se vuelve más plana que el pelo mojado de Chia Pet de Angela.

—Debería volver a mi mesa —dice Morris. Empieza a levantarse de su asiento—. Ha sido fantástico conocerte por fin, Angela...

—Ya me iba —lo interrumpe—. He quedado con Francine en el restaurante. Diviértanse, ¿vale? —Mira a Morris—. Ha sido un placer conocerte también.

Angela mira a su alrededor para hacer una última evaluación de Sodoma y Gomorra, luego sale por la puerta hacia la acera empapada por la lluvia.

Sloan pone la cara contra la barra y suelta un gruñido justo cuando regresa el camarero.

—¿Otra ronda para...?

—*Sí* —lo interrumpe.

Sloan gira la cabeza hacia un lado para ver a Morris mientras el camarero se va a por dos Taladros de Albañil más.

—Lo siento si no querías una tercera copa.

—No pasa nada. —Morris se encoge de hombros—. No tengo nada mejor que hacer.

Sloan se endereza.

—¿Eres un asesino en serie?

—¿Un asesino *en serie*?

Asiente.

Morris se detiene a pensar, como si fuera una pregunta engañosa.

—¿No?

—Entonces ¿cómo es que eres tan amable? —Sloan lo mira con los ojos entrecerrados—. Eres como el hombre que veo en los documentales sobre crímenes reales que se esfuerza demasiado para evitar sospechas, y luego sus vecinos se sorprenden de que alguien tan dulce y normal como él pueda estar masacrando mochileros el fin de semana.

El rostro de Morris se contrae de asco mientras se lo piensa un poco más.

—¿Gracias?

—Porque está claro que te he estado tratando como un secretito sucio que tengo que ocultarle a mi familia, lo que molestaría a la mayoría de la gente, y con razón. —Hace una pausa—. Pero estás enfadado. Al menos no *pareces* enfadado.

—No lo estoy.

Sloan se le queda mirando.

—Eso es lo que diría un asesino en serie. —Vuelve a apoyar la cara en la barra—. No me hagas caso, Morris. Estoy borracha y estresada, y en mi caso nunca es una combinación buena.

Casi seguro que Angela está hablando por teléfono con Beth ahora mismo, explicándole que Sloan y el destructor de matrimonios están tomando *whiskey* juntos en secreto. Sloan sabía que tarde o temprano tendría que contarle a su familia lo de Morris (aunque *no* vaya a la boda), y esa conversación no iba a ser fácil nunca. Pero ahora definitivamente sería más complicada.

A Sloan se le forma un nudo en el estómago. Por primera vez en mucho tiempo, se siente mal por cómo ha tratado a Beth, sobre todo después de que su madre se disculpara por cómo se comportó en la fiesta de Stephen. En esa videollamada, también pareció más abierta a hablar con Sloan de la aventura, y teme haber arruinado la posibilidad de profundizar más en el tema con el tiempo.

—Entonces, por lo que deduzco, supongo que no le has contado a tu familia que me has invitado a la boda —aventura Morris.

Sloan levanta la cabeza de la barra y exhala.

—¿Qué te hace pensar eso? —pregunta con sarcasmo.

Morris parece reflexionar sobre ello.

—Por mucho que me conmueva que quieras que esté allí, Sloan —dice—, sabiendo cómo se siente tu familia con respecto a mí, creo que no debería ir.

—Pero se supone que no tendría que tratarse de ellos —argumenta Sloan—. Es *mi* boda.

—Lo sé —contesta—, pero si voy, seré una distracción en tu día especial.

Sloan observa sus mejillas sonrosadas y sus ojos amables mientras se le revuelve el estómago a causa del remordimiento.

Quizás Morris tenga razón y su familia esté demasiado trastornada como para que un buen hombre como él escape ileso de la ira de los Hopperbot.

—Bueno —dice ella, rindiéndose a regañadientes, y luego bebe otro sorbo de su bebida—. Supongo que es lo mejor.

El camarero vuelve con dos Taladros de Albañil más. Casi seguro que se va a arrepentir de esta ronda, ya que trabaja mañana por la mañana, pero después del mal humor con el que la ha dejado la tía Angela, no le queda otra opción.

Sloan bebe un trago y luego señala con la cabeza la fiesta de cumpleaños que está teniendo lugar al otro lado del bar.

—¿De verdad conoces al equipo de sóftbol de ahí?

—Solo conozco a la del pelo corto.

—Todas tienen el pelo corto.

Morris mira hacia atrás.

—Elisa, la del extremo izquierdo. ¿No la conoces?

—Ah, sí —dice Sloan cuando la ve—. Elisa Nickels. Dijiste que tiene las plantas de mi padre en su clase, ¿verdad?

Morris asiente.

—De hecho, igual puedes ayudarme con algo —comenta mientras se rasca la sien, pensativo—. ¿Sabes cómo puedo encontrar mensajes antiguos de Facebook? Elisa me vino a saludar cuando estabas en el baño y mencionó que me envió un mensaje hace un tiempo. Aunque nunca vi su mensaje.

—¿Tienes la aplicación de Facebook en el celular?

Morris la mira como si hablara en ruso.

—¿Recuerdas al menos tus datos de acceso? —pregunta Sloan.

Asiente.

—A menos que puedan cambiarlos por mí. Siempre he usado los mismos.

Sloan se estremece.

—Bueno, igual deberías dejar de hacerlo. Pero sí, puedo ayudarte.

Morris le entrega el celular, y ella descarga la aplicación de Facebook. Le pide que inicie sesión y luego se lo devuelve para que lo use.

—Guau —dice Sloan mientras ve docenas (puede que hasta cientos) de mensajes sin leer en la bandeja de entrada—. Sí, parece que mucha gente te ha contactado a lo largo de los años. —Sloan se acerca más a él—. Mira, te puedo enseñar dónde está la bandeja de entrada… —Pero se queda paralizada al ver que uno de los mensajes es de su padre. Y cuando sus ojos encuentran la fecha en la que fue enviado, siente como si el mundo también se pusiera patas arriba durante un instante.

—Hay un problema. —dice Morris al percibir un cambio en Sloan—, ¿no?

Antes de que el ángel que tiene en el hombro pueda decir una palabra, el diablo que tiene en el otro toma el volante. Sloan accede al mensaje de Fred.

—No, no hay ningún problema —contesta, intentando mantener la calma. Con el corazón latiéndole con fuerza en la garganta, Sloan hojea el mensaje a toda velocidad para captar la esencia y, acto seguido, hace una captura de pantalla—. Solo necesito cambiar una cosa en la configuración —miente—. Un segundo.

Tan rápido como sus pulgares se lo permiten, se envía la captura de pantalla del mensaje de Fred por correo electrónico, suponiendo que Morris tendría más probabilidades de descubrir su rastro si lo enviaba por mensaje.

—Vale, *ahora* puedo enseñarte cómo acceder a la bandeja de entrada —dice con un suspiro mientras vuelve a la aplicación.

Sloan empieza el tutorial improvisado de Facebook, haciendo todo lo posible por fingir que no acaba de encontrar pruebas de que su madre les ha estado mintiendo a sus hermanos y a ella todo este tiempo.

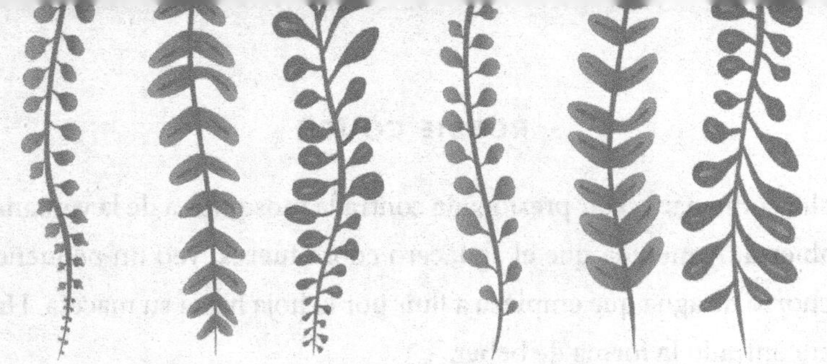

CAPÍTULO 25

Jade

DE LA NEGRURA DE ARRIBA caen gotitas y las ráfagas plateadas del cielo iluminan la superficie del mar sin sal. Estoy hecha para temer los aguaceros torrenciales, pero con las raíces tan secas, ahora mismo, que mi maceta pase unos segundos fuera me salvaría la vida.

Un rayo eléctrico sacude la casa de Segundo Sapiens con un estruendo ensordecedor. Por la esquina de la hoja, veo cómo el felino negro se escabulle asustado. La tormenta está empeorando.

Una ráfaga de viento proveniente del sur golpea la ventana y rocía a Blaze con gotas de lluvia a través de la mosquitera. Estalla de emoción a medida que la tierra se le oscurece por la humedad. No es mucha, pero las plantas de interior como nosotras no necesitan mucha agua.

—¿Te cayó alguna? —me pregunta Valeria con respecto al agua de lluvia que ha disfrutado Blaze.

Sacudo mi tallo. Pero presiento que trama algo.

Me centro en la hoja más larga de Valeria, la única lo bastante alta como para estar presionada contra la mosquitera de la ventana abierta. A medida que el aguacero cobra fuerza, veo un pequeño chorro de agua que empieza a fluir por la hoja hacia su maceta. Ha encontrado la forma de beber.

Sin embargo, antes de que el chorro llegue a la tierra, Valeria mueve esa misma hoja, como hizo delante de Segundo Sapiens, para intentar regarme a mí en vez de bebérsela ella. El agua de lluvia que tiene en la hoja se esparce en mi dirección. Pero salpica la madera a centímetros de mi maceta. Por desgracia, ninguna de las gotas llega a mí.

Me siento fatal.

—Lo siento, Valeria.

—¿Por qué sientes mi fracaso? —pregunta.

—Porque has perdido la oportunidad que tenías de sobrevivir —explico al tiempo que me percato de que su hoja más alta ya no está apoyada contra la malla de la ventana—. ¿No te da miedo morir antes de que vuelva Seraya?

—*Guau*, Jade. —Blaze, rejuvenecido, se ríe entre dientes—. Me gustas más así, sin filtro.

—No pretendo ser cruel —digo.

Pero la pequeña posibilidad de que algún día pudiera ver cómo su hija regresa al rincón era la única esperanza que mantenía a Valeria en la lucha por sobrevivir.

—Nos volveremos a ver —me asegura Valeria—. Lo sé.

Me confunde la certeza de su comentario.

—¿Cómo?

—Se refiere a que se va a encontrar con Seraya en la Tierra Durmiente —responde Blaze mientras parecer poner los ojos en blanco como si los tuviera.

Algunas suculentas creen que nos espera una vida después

de la muerte. La mayoría absorbe la creencia de sus padres, pero como yo no tengo madre, nunca he sabido qué creer.

—¿Es eso cierto, Valeria? —le pregunto.

Asiente con una hoja.

—Entonces, ¿por qué has estado tan triste porque Sereya no está? —pregunto—. Si sabes que vas a volver a verla en la Tierra Durmiente, ¿por qué preocuparte?

—Echo de menos la versión de ella que conocí en esta vida —explica—. Pero Seraya no puede ser mi pequeño retoño para siempre. No querría que lo fuera. Puedo mantenerme esperanzada ante nuestro reencuentro en la otra vida mientras lloro al retoño que no volveré a ver. —Hace una pausa—. ¿Crees que verás a tu madre en la Tierra Durmiente?

Sacudo el tallo.

—Yo no tengo madre.

Blaze se ríe.

—Pues claro que tienes. Todos tenemos.

—Pero no sé quién es —digo—. La chica *sapiens* me trajo aquí desde la Fábrica de las Flores.

—Bueno, tu madre sabe que eres su hija —contesta Valeria—. Que no te quepa duda.

—¿De verdad?

Valeria asiente.

—¿Alguna vez te has preguntado cómo será conocerla en la Tierra Durmiente? —inquiere, y se apresura a añadir—: Si es que crees en la Tierra Durmiente, claro.

Siento un hormigueo en los tallos.

—No he pensado mucho en ello —admito—. Pero a lo mejor crecemos hasta treinta metros, una al lado de la otra, en las tierras desérticas de nuestros antepasados.

—Suena bien. —Blaze suspira—. Ojalá la Tierra Durmiente fuera real.

Lo ignoro.

—O estaremos juntas en la misma maceta enorme para que nuestras raíces se entrelacen —continúo—, una maceta diez veces más grande que la tuya, Valeria.

Valeria se ríe.

—Qué maravilla.

—¿Y si también tengo hermanos y hermanas? —pregunto.

—No lo dudo —responde Valeria.

Vibro del entusiasmo.

—Creceré con todos mis hermanos y hermanas bajo un cielo despejado. Bueno, *casi* siempre despejado. En la Tierra Durmiente lloverá la cantidad perfecta, ¿no?

A medida que mi imaginación se desboca, una amargura empieza a penetrar en la dulce idea de una vida después de la muerte. Nunca he echado de menos a la madre que no he conocido, pero lo hago ahora que existe en mi mente. ¿Será este el dolor que siente Valeria cuando ve el lugar donde solía estar su hija? ¿Y será el mismo dolor que siente Segundo Sapiens al anhelar a Primer Sapiens?

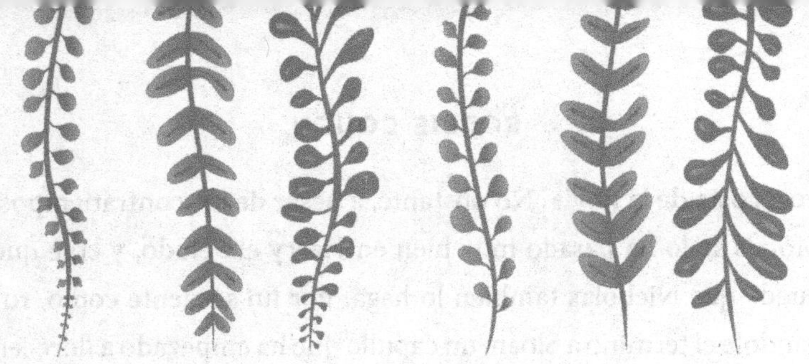

CAPÍTULO 26

Morris

UNA VEZ SE TERMINAN LAS bebidas, Morris paga la cuenta, se despide de Elisa con la mano y se dirige a la salida con Sloan. Por suerte, lo peor de la tormenta ya ha pasado y solo queda una llovizna ligera y las suficientes grietas en las nubes para que se filtre el sol.

—Siento que mi tía haya arruinado la tarde —dice Sloan mientras se acercan al estacionamiento de bicicletas. Tira del candado que rodea el manillar verde lima con rayas rosas. Con razón Angela la vio, piensa Morris; lo más probable es que se pueda ver la bicicleta de Sloan desde el espacio.

—A mí no me ha arruinado nada —contesta Morris—. He aprendido lo que significa cuando un camarero me pregunta «abierta o cerrada» y también me he encontrado con una de mis exalumnas favoritas.

Sí, ver a la excuñada de Fred no ha sido lo mejor, ni tampoco enterarse de que, según Sloan, Morris es el «secretito sucio» que le oculta a su familia. Le habría encantado estar en la boda, pero no a costa de la novia. No obstante, a pesar de los contratiempos, Morris se lo ha pasado muy bien en Harry el Peludo, y cree que puede que Nicholas también lo haga. Por fin se siente como, robándole el término a Sloan, un capullo que ha empezado a florecer.

Morris observa cómo a Sloan le cuesta alinear los números del candado.

—¿Necesitas ayuda?

Lo mira con una sonrisa ligeramente achispada mientras lo abre.

—No.

Morris la observa. No ha estado con mucha gente borracha últimamente, así que le cuesta saber lo preocupado que debería estar.

—¿Estás bien para ir en bicicleta a casa?

Mira a Morris de arriba abajo con una mirada defensiva.

—Tú eres el que tiene auto. ¿Estás *tú* bien para conducir?

—Me voy a ir caminando —responde. Morris decidió no conducir a casa después del segundo Taladro de Albañil—. Recogeré mi auto mañana.

Sloan le lanza una mirada.

—No vas a volver a casa caminando solo. Está oscureciendo y todo está resbaladizo por la lluvia.

—La lluvia está amainando y la acera está iluminada todo el trayecto.

Sloan se detiene a pensarlo, o se toma un momento por la borrachera, Morris no sabe cuál de los dos.

—¿Qué te parece si voy caminando con la bici hasta tu casa? —propone Sloan—. Me ayudará a despejarme y, de todas formas, está de camino.

Morris lo considera.

—Trato hecho.

Empiezan a caminar en la dirección correcta, pero no han ni llegado al final de la manzana cuando Sloan reduce la velocidad hasta detenerse por completo.

—¿Qué pasa? —pregunta Morris.

Está mirando el auto que hay estacionado junto a ellos.

—Es de Angela.

Morris alterna la mirada entre Sloan y el parabrisas salpicado por la lluvia, sin saber por qué parece importante.

—¿Ha estacionado aquí ilegalmente?

—No. —Con una sonrisa burlona, Sloan saca la pata de apoyo de la bicicleta con el zapato. Abre el bolso y saca un pintalabios—. Pero tengo una idea.

Morris se pone nervioso.

—¿Qué vas a hacer?

—Podría decírtelo —dice mientras destapa el pintalabios—, pero entonces tendría que matarte.

Sloan se inclina sobre el parabrisas y empieza a escribir.

Con las palmas sudorosas, Morris mira a un lado y a otro de la acera con la esperanza de que no venga nadie.

—No sé si…

—Genial. —Sloan cierra el pintalabios—. Listo.

Se aleja del auto de Angela para que Morris pueda leer lo que ha escrito. La lluvia ha emborronado algunas palabras, pero el letrero en mayúsculas y letras de un rojo intenso sigue siendo fácil de leer: TU NUEVO TINTE ES UNA MIERDA.

Morris desearía contenerse mejor, pero no puede evitar que las comisuras de los labios se le curven hacia arriba.

—¡Ajá! —exclama Sloan, y le señala la sonrisa.

—Vale, a ver —dice mientras intenta sonar desaprobador—. No tiene gracia, Sloan.

—Sí la tiene, Morris —contesta, imitando su tono serio.

—El pelo de tu tía está bien.

—El pelo de mi tía está *horrible*. —Sloan se guarda el pintalabios en el bolso—. Se parecía a Barbara Bush en la cubierta de la biografía suya que vi en tu estantería. Si a Barbara Bush le hubiera pillado una tormenta.

Morris ahoga otra risa. No es una comparación del todo inexacta.

—Parecía un trasvesti vestido de Albert Einstein —continúa.

—¿Has terminado?

—Parecía una figura de cera de la reina Isabel —añade—, pero derretida.

A Morris se le escapa un bufido, y se apresura a taparse la boca con la palma de la mano.

—Conque *es* posible —dice Sloan, satisfecha consigo misma—. *Puedes* ser un imbécil...

Oyen cómo una puerta se abre al final de la calle. Morris está deseando irse de la escena del crimen sin importar quién es, pero cuando ve a Angela saliendo del restaurante griego con una amiga a una manzana de distancia, su urgencia se pone por las nubes.

—Mierda —murmura Sloan, quien comprende la situación y se sube a la bicicleta—. Vamos, *vamos*.

Morris camina trotando tan rápido como le permite la rodilla mala mientras Sloan pedalea a su lado. Cuando llegan a un lugar seguro en la esquina de un callejón y oyen a Angela jadear de sorpresa, a Sloan le da un ataque de risa amortiguada que no ayuda a mantener su escondite secreto. Aunque Morris no lo está haciendo mucho mejor. No se acuerda de un momento en el que le haya costado tanto contener la risa.

Una vez que Angela se marcha y no hay peligro, la pareja continúa su camino a casa. La verdad es que no es un mal paseo, concluye Morris al doblar la esquina de su calle. Debería ir a Harry el Peludo más a menudo.

A medida que se acerca a la casa, Morris ve la silueta de Rascal paseándose por el rincón que da a la calle, claramente molesto porque su cena está retrasada. Sloan sigue intentando recuperar el aliento después de subir la última manzana en bicicleta, algo que Morris agradece. No se siente tan viejo por necesitar unos minutos para recuperar el suyo también. Mientras se le desacelera el pulso hasta alcanzar su ritmo habitual, Sloan saca la pata de cabra y suelta la bicicleta.

—He cambiado de opinión —dice—. Quiero que vengas a mi boda.

Morris no esperaba oír eso.

—Y también —continúa—, quiero que me acompañes al altar.

Es imposible que la haya oído bien.

—¿Quieres que *yo* te acompañe al altar?

—Lo sé, parece una idea loca y muy mala.

Morris sonríe.

—Sloan…

—Pero antes de que digas nada más —lo interrumpe con el dedo levantado—, ¿puedes escucharme primero?

Asiente en silencio.

—Entiendo perfectamente tu justificación de no querer ser una distracción. Pero ¿cambiaría algo si primero hablo con mi familia y los convenzo para que estén de acuerdo?

Morris no consigue imaginarse cómo sería Beth estando «de acuerdo». Por lo que tiene entendido en cuanto a lo que ella piensa de él, es más probable que Beth tenga un muñeco vudú inspirado en Morris en el armario que mostrarse dispuesta a dejar que lleve a su hija al altar. Morris duda que Sloan sea capaz de lograr lo imposible, pero si lo es, ¿quién es él para decepcionarla?

—Sería un honor acompañarte al altar —dice Morris.

Sloan se alegra.

—Fantástico...

—Pero solo si me prometes que tu familia lo apoya. Porque el centro de atención deberías ser *tú* y solo tú en la boda —dice—. Bueno, y puede que también Todd.

—Trato hecho.

—Una última cosa —añade—. Prométeme que pensarás la decisión un poco más, solo para ti, sin la opinión de tu familia.

—¿Por qué?

—Porque, aunque me siento honrado de que me lo hayas pedido, si tienes alguna duda sobre que te acompañe al altar, o incluso sobre asistir a la boda, quiero que seas sincera conmigo...

—Morris.

Sloan pasa una pierna por encima de la bicicleta, se deja caer en el asiento y mira el lago, pensativa. Morris se da cuenta de que parece que la ha molestado, pero no está seguro de por qué.

—¿El día que aparecí en tu porche —dice por fin—, cuando me diste la colonia de mi padre?

Morris asiente.

—No quiero ponerme rara ni sentimental —advierte—, pero esa fue la primera vez desde que murió mi padre que sentí su... no sé, *espíritu,* o energía, o como quieras llamarlo. Y he sentido lo mismo cada vez que te he visto desde entonces.

Morris consigue tragarse el nudo que se le ha formado en la garganta, pero no baja con facilidad.

—Así que confía en mí —continúa—. Entiendo por qué podría parecer una locura pedirte esto cuando acabamos de empezar a conocernos. Pero eras la media naranja de mi padre. Y eso me importa. Quiero que esté en mi boda, y quiero que tú también estés. —Sonríe—. ¿De acuerdo?

Morris no sabe qué decir. Así que espera que baste con un simple «vale».

Sloan aparta las palmas del manillar y se inclina para rodear a Morris con los brazos. Lo pilla tan por sorpresa recibir un abrazo de uno de los hijos de Fred que casi se le olvida devolverlo.

—Gracias, Sloan.

Después de separarse, una Sloan más sobria se aleja pedaleando en la noche. Morris sube los escalones del porche y entra. Parece haber más silencio en la casa que antes, ahora que puede compararla con el sonido de la vida que todavía recuerda, pero Rascal, quejoso, ronronea a sus pies, lo que acaba con esa sensación al instante.

—Lo sé, lo sé —dice Morris mientras le rasca entre las orejas—. ¿Cenar una hora tarde? ¿Cómo me lo vas a perdonar?

El maullido indignado de Rascal pone a Morris en su lugar, y sirve una ración de comida en el cuenco del gato antes de prepararse para acostarse. Con una caja de sus galletas favoritas junto a él en la cama, abre la biografía de Jimmy Carter y se pone manos a la obra, pero el pobre expresidente vuelve a fracasar en su intento de atraer la atención de Morris. Está a punto de comprobar si Nicholas le ha mandado un mensaje mientras estaba fuera, pero Elisa se le viene a la cabeza primero.

Morris agarra el celular de la mesita de noche mientras recuerda las instrucciones de Sloan. Tarda un tiempo vergonzoso en localizar en la pantalla el icono azul y blanco con la letra «F», pero una vez que lo hace, no tiene problemas para encontrar los mensajes en la aplicación.

Teniendo en cuenta que están escritos en idiomas que no entiende, los dos mensajes más recientes deben de ser *spam* o *bots* rusos, supone Morris. El siguiente, sin embargo, enviado hace unas semanas, es de Elisa:

«¡Hola, señor Warner! No sé si sigue usando Facebook, pero quería asegurarme de que ha recibido mi invitación al almuerzo para los antiguos profesores. Si no, avíseme. ¡Nos encantaría que viniera!».

Pero Morris ve que le envió un mensaje antes. Así que sube para leer la nota anterior, enviada hace dos años:

«¡HE CONSEGUIDO EL PUESTO DE PROFESORA EN LA SECUNDARIA CORAL COVE! :) Es la primera persona a la que quería contárselo. ¿Habría sido extraño tener a una exalumna como compañera de trabajo? ¡Ojalá no se hubiera jubilado ya! En fin, puede que se lo haya dicho antes, y lo siento si es así, pero fue una de las razones principales por las que quise dedicarme a la docencia. Paro antes de que alguien empiece a picar cebolla, pero quería asegurarme de que lo supiera. Ya está. Me callo. (¿Almuerzo o café pronto?)».

Con un hormigueo de pies a cabeza, Morris vuelve a la bandeja de entrada. Ahora que tiene más de setenta años, suele dudar enseguida de sus propios recuerdos, pero puede decir con seguridad que Elisa no se lo había dicho antes. Así como está seguro de que se acordaría si Harriet le hubiera contado que decidió dedicarse al *marketing* por Rosie, la remachadora, es imposible que a Morris se le haya olvidado que Elisa le dijo que optó por la docencia por él.

Morris sube un poco más.

—Oh —dice, sorprendido, mientras entrecierra los ojos a través de las gafas. Sloan no bromeaba; hay bastantes mensajes.

Lee uno de Mia Dawson, quien se graduó uno o dos años después de Sloan, si no se equivoca: «¡Hola, señor Warner! Un poco aleatorio, pero hoy me he acordado de usted al ganar la noche de juegos con una pregunta de historia lol (James Monroe = quinto presidente). ¡Espero que esté bien!».

Ve otro de Rami Hassan, el presidente del alumnado en 2008. ¿O fue en 2009? «¡Señor W! Aquí Rami, presidente del consejo estudiantil, promoción del 2007». Al menos Morris no estaba tan equivocado. «Estoy intentando acordarme del nombre del chico que se sentaba detrás de mí o a mi lado en su clase, que sería cuando estaba en décimo. ¿Sabe de quién hablo?».

Morris sonríe. Si algún estudiante hiciera una pregunta así, sería Rami. Algunas cosas no cambian nunca.

Está a punto de escribir una respuesta cuando la curiosidad lo vence. Ya responderá a cada una, decide Morris, pero mejor que revise las demás primero. Vuelve a la bandeja de entrada y sigue mirando.

Caleb Brooks le envió una felicitación encantadora la semana que se casó con Fred. En una larga consulta, Ray Turtleback le preguntó qué opinaba sobre Bernie Sanders porque algo de un debate presidencial anterior hizo que se acordara de una conversación que tuvieron en clase. Scarlet Sullivan le escribió para expresarle lo emocionada que estaba de que su hijo, Tim, entrara en su aula en 2015. «El mejor profesor de la Secundaria Coral Cove», escribió, «¡sin duda!». Sarah Jones le envió una foto granulada del año que él se disfrazó de dinosaurio para la semana del espíritu escolar, un recuerdo que había olvidado por completo hasta este momento. Y Mary Montgomery le dio crédito por haberla ayudado a aprobar uno de sus exámenes finales en Michigan State.

Morris sigue deslizando y leyendo, y deslizando y leyendo, y solo cuando siente un ligero cosquilleo en la mejilla se da cuenta de que le lloran los ojos.

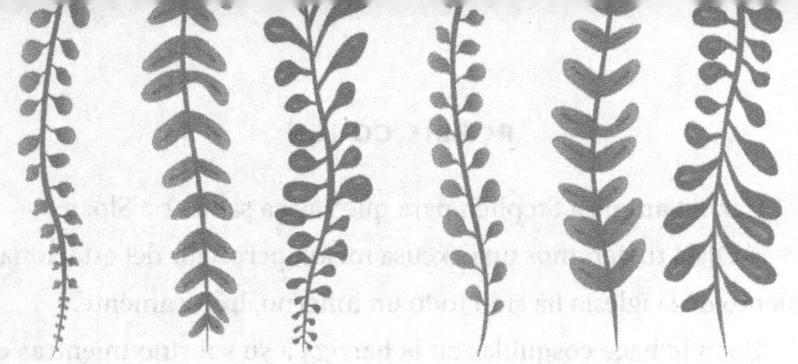

CAPÍTULO 27

Sloan

CUANDO SLOAN LES SUGIRIÓ A sus hermanos que se reunieran en el partido de voleibol intramuros de Paul para hablar de algo importante, dio por sentado que también habría otras personas allí mirando. Pero ahora, tras haber vivido los primeros veinte minutos como única espectadora, Sloan entiende por qué los familiares del equipo Pelotas en Juego tendrían mejores cosas que hacer que presenciar cómo sus seres queridos se enfrentan a los jugadores de Solo la Punta.

Justo cuando empieza a preguntarse si Harriet va a aparecer, Sloan por fin ve a su hermana con un sombrero de paja y un vestido de verano dirigiéndose hacia ella con Stephen de la mano. Josh va unos pasos detrás de ellos, cargando varias bolsas, una caja de juguetes y una sombrilla de playa y, no sabe cómo, consigue que no se le caiga en la arena.

—Perdón por haber llegado tan tarde —dice Harriet.

—Normalmente soy yo la que lo hago —contesta Sloan.

Harriet anima a Stephen para que vaya a saludar a Sloan.

—Ojalá tuviéramos una excusa mejor, pero salir del estacionamiento de la iglesia ha sido todo un infierno, irónicamente.

Sloan le hace cosquillas en la barriga a su sobrino mientras el equipo de Paul anota con un saque y estalla en gritos de alegría.

—¿Desde cuándo van a la iglesia?

—Desde que empezaron a ofrecer guardería gratuita en el sótano durante la misa —responde Josh, y deja caer al suelo todo lo que lleva en brazos.

Sloan mira a Harriet, quien confirma la respuesta de su marido encogiéndose de hombros.

—Es cierto.

—Esta mañana, después de dejar a Stephen —empieza Josh con una sonrisa burlona—, fuimos al Starbucks en vez de asistir al sermón…

—*Calla* —sisea Harriet mientras se gira—. Acabamos de acordar que no íbamos a contárselo a nadie.

Josh la mira, desconcertado.

—Pensaba que con «nadie» te referías a, quiero decir, el *pastor*.

Sloan disimula una sonrisa y observa cómo Harriet empieza a sacar todos los artículos que una pareja con un niño pequeño podría necesitar en la playa.

—Han traído cosas como si fueran a pasar una semana en Hawái.

—Ya, bueno. —Suspira Harriet mientras le unta a Stephen una buena cantidad de protector solar en la frente—. Hablemos cuando tengas un hijo de un año al que mantener con vida.

—O asegúrate de que Todd se haga un *cortecito* —interviene Josh, abriendo la sombrilla—, no sé si me captas.

Sloan se estremece.

—Gracias, Josh. Sí, te capto.

—Por cierto, no creas que no me he dado cuenta de que no me has contestado —dice Harriet.

Sloan mira su celular.

—¿A qué te refieres? Les escribí a Paul y a ti para vernos hoy.

—No —contesta Harriet, y luego baja la voz—. Me refiero a nuestros mensajes privados.

Oh, sí que le debe uno. Busca el vapeador para calmarse.

Harriet le había escrito para hablar más a fondo sobre la posibilidad de que Sloan le pidiera a Morris que la acompañara al altar. Pero Sloan supuso que hoy mataría dos pájaros de un tiro.

—Quiero hablar con Paul y contigo a la vez.

—Espera, ¿vas a pedirle que te acompañe al altar?

—No.

Harriet mira a su hermana con los ojos entrecerrados por encima de las gafas de sol.

—Cuenta.

—De todas formas, el partido está a punto de terminar.

Josh se quita la camiseta y se acurruca junto a Harriet.

—Me parece increíble que su hermano tenga la confianza suficiente para jugar en una liga gay.

Sloan y Harriet se giran y lo miran fijamente.

—¿Qué? —pregunta Harriet.

Josh parpadea.

—¿Es una liga heterosexual?

—Es solo... una liga —responde Harriet, y mira a Sloan—, ¿verdad?

Sloan asiente con una sonrisa.

Josh mira a Paul mientras su cuñado le da una palmada en el trasero a un compañero en traje de baño.

—Bueno, a ver, los equipos se llaman Pelotas en Juego y Solo la Punta, así que no actúen como si estuviera loco.

Harriet aparta la mirada de su marido y mira a Sloan.

—Josh estaba demasiado ocupado con la tuba como para practicar deportes en la secundaria, así que no llegó a experimentar el homoerotismo inherente de los deportes masculinos.

—Claro que sí —replica Josh—. Y te ha salido el tiro por la culata, porque no hay nada más gay que el campamento de banda.

Unos minutos después, el partido de Paul termina y los jugadores empiezan a dispersarse. Sloan no sabe si ha ganado el equipo de su hermano porque todos los jugadores parecen estar igual de felices, borrachos a pesar de ser de día y quemados por el sol independientemente del resultado.

Paul, sudoroso y sin camiseta, se acerca a la sección de arena donde está su familia con un pañuelo azul en la frente y unos pantalones cortos color lima.

—Felicidades —dice Harriet mientras abraza a su hermano.

—Hemos perdido —aclara Paul.

Sloan opta por un tibio choque de manos en lugar de un abrazo húmedo.

—Bueno, en ese caso… un sobresaliente por el esfuerzo.

Paul agarra a Stephen y, como si fuera un juguete, empieza a darle vueltas al pequeño, y este se ríe.

—Bueno, ¿qué es eso que querías enseñarnos? —le pregunta a Sloan con una sonrisa traviesa—. Hoy no he tomado sangría porque quería estar despejado para esto.

Sloan nota cómo se le acelera el pulso, consciente de que, una vez que salga a la luz, no hay vuelta atrás. Mira a su alrededor por instinto para asegurarse de que no hay nadie cerca (después de todo, con sus tres hijos reunidos en un lugar donde ella no está, puede que el sentido arácnido de Beth se haya despertado) y saca el celular.

Sloan encuentra la captura de pantalla del mensaje de Facebook que le mandó Fred a Morris y que descubrió en Harry el Peludo. Pero se detiene antes de enseñárselo a sus hermanos y considera si debería darles contexto primero.

—Vamos, deja de ser tan dramática. —Paul le arrebata el celular de la mano usando el brazo que no está balanceando a Stephen contra su pecho.

Harriet corre al lado de Paul para ver el mensaje, y Josh estira el cuello detrás de ellos para echarle un vistazo también.

—Un momento —dice Harriet, que se aparta las gafas de sol para poder leer mejor—, ¿qué estoy mirando?

—Papá le envió a Morris lo que parece ser una disculpa *muy* intensa —contesta Paul mientras mira la pantalla con los ojos entrecerrados.

—Pero miren la fecha —añade Sloan.

Harriet la mira.

—¿Esto no fue...?

—¿Justo después de que mamá descubriera a papá teniendo la aventura? —completa Sloan, mordiéndose las uñas con nerviosismo—. Sí.

—Guau, cariño —jadea Josh, de puntillas para leer por encima del hombro de Paul—, tu padre se sentía muy mal por lo que hizo.

—A ver —murmura Harriet—, más le valía.

—*Mierda* —dice Paul con los ojos abiertos de par en par. Levanta la vista del celular—. Así que Morris pensaba que papá y mamá ya se habían separado cuando empezaron a salir. Papá también le mintió a él.

Sloan asiente.

—*Y* papá le dijo a Morris que ya había salido del clóset con nosotros.

—Papá intentó contarnos la verdad después del hecho —dice Harriet—, pero ninguno le creyó. Nos pusimos del lado de mamá.

—¿Puedes culparnos? —pregunta Paul, y le sacude la arena de las mejillas a Stephen—. ¿Te acuerdas de lo enojados que estábamos con papá?

—Creo que para tu familia fue más fácil convertir a Morris en el villano que aceptar la verdad —interviene Josh. Harriet y Paul lo miran—. ¿Qué?

Tiene razón. Morris se convirtió en el chivo expiatorio de los Hopperbot.

—Está bien, pero en defensa de papá, por aquel entonces las cosas eran diferentes —replica Paul—. Lo más probable es que se sintiera atrapado en el clóset. Los gay no podían ser gay como hoy.

—Muy elocuente —contesta Harriet.

—Tampoco es que fueran los ochenta —comenta Josh—. La aventura ocurrió hace una década. Saben lo mucho que quería a su padre, pero... la cagó.

—Cuidado —advierte Harriet.

—Pero sí que la cagó —dice Sloan—, y mamá también.

Harriet se chupa los dientes.

—¿Tú crees?

Sloan la mira como si la respuesta fuera obvia.

—Mamá ha hecho que Morris sea el anticristo durante *años* basándose en una mentira.

—Mentir no es lo mismo que creer algo falso sin darse cuenta —argumenta Harriet.

—Muy elocuente, la verdad —indica Paul con sinceridad.

Un compañero de equipo que pasa por allí le da un puñetazo

juguetón en el hombro y ambos se enfrascan en una conversación sobre el partido. Harriet y Josh se centran en llevar el inventario de los infinitos juguetes de playa de Stephen. Sin embargo, cuando el compañero de equipo de Paul se va y todos los juguetes de Stephen están contabilizados, ninguno de los hermanos parece especialmente enfadado por el bombazo que ha descubierto Sloan.

—¿Eso es todo? —les pregunta.

Paul, que está jugando al cucú con su sobrino, levanta la vista.

—¿A qué te refieres?

—¿Les resulta irrelevante que mamá mintiera o no, o si estaba en fase de negación, o si odiaba de verdad a Morris? —argumenta Sloan—. Excluimos a este pobre hombre de nuestras vidas y no hizo nada malo. ¿Son conscientes de que no tiene familia propia?

Harriet y Paul no responden.

—Y, aunque Morris *hubiera* sabido que papá estaba en el clóset y que seguía casado con mamá cuando ocurrió la aventura —continúa—, ¿por qué no pudimos perdonarlo con el tiempo cuando perdonamos a papá?

—¿Porque papá es… nuestro padre? —pregunta Paul.

Sloan frunce el ceño.

—Y Morris es nuestro padrastro.

Paul se estremece.

—Me resulta raro imaginármelo.

—¡Pero no debería serlo! ¡A eso voy! —chilla Sloan. Se gira hacia su hermana—. Has guardado el proyecto de Rosie, la remachadora que hiciste para su clase todos estos años, Harriet. No me digas que no tuvo un impacto en ti.

Harriet luce como si la hubieran pillado con las manos en la masa.

—¿Cómo sabes que lo tengo guardado?

—Y sé que a ti también te caía bien el señor Warner —le dice Sloan a su hermano—. No lo niegues, Paul.

Paul se burla.

—Quizás se me ha escapado antes —dice Josh mientras levanta a un Stephen errante y se lo sienta entre las piernas—, pero ¿cómo va a afectar esto a la boda?

Paul le da a Stephen una pala de juguete.

—¿Quién ha dicho que vaya a afectarla?

—Se me acaba de ocurrir, como Morris va a llevar a Sloan al altar...

—*Dios.* —Harriet cierra los ojos.

A Sloan se le cae el alma a los pies tan rápido como Paul se queda boquiabierto.

—Oye, Josh, el socorrista de ahí tiene un megáfono —dice Harriet al tiempo que señala con la cabeza en dirección a la playa—, por si te apetece anunciar algún otro secreto hoy.

—¿Qué? —inquiere Josh, que no entiende lo que pasa, y se vuelve hacia Sloan—. ¿Morris te ha rechazado o algo?

—¡Te dije que no dijeras nada! —lo regaña Harriet, y señala a Paul—. ¡Él no sabía que Sloan estaba pensando en pedírselo a Morris!

Josh mira a Paul.

—¿No lo sabías?

—No —responde Paul, al parecer emocionado por las revelaciones del día. Se gira hacia Sloan—. ¿Vas a hacerlo?

Sloan traga saliva.

—Ya lo he hecho.

—¿En serio? —Harriet jadea—. ¿Ha dicho que sí?

Sloan asiente.

—*Pero* fue lo bastante respetuoso como para aceptar mi oferta solo si los consultaba a ustedes primero. —Hace una pausa—. Y si conseguía la aprobación de mamá.

Josh se encoge. Harriet parece dubitativa.

Paul suelta una carcajada.

—Buena suerte con eso último —bromea.

Harriet mira a Paul, luego a Sloan.

—Bueno, al menos no le molesta que no se lo hayas pedido a él.

Sloan mira a Paul con vacilación.

—No te molesta, ¿no?

—No —contesta, casi ofendido por la idea—. Supuse que ibas a pedírselo al tío Dick.

—Un momento… —Josh, confundido, se queda callado—. Puede que también se me haya escapado eso, pero…

—Allá vamos —dice Harriet—. ¿Qué secreto revelará Josh ahora?

Josh ignora a su esposa.

—¿Cómo has conseguido esa captura de pantalla del Facebook de Morris?

Harriet y Paul la miran.

El interior de Sloan se retuerce hasta formar un nudo.

—La hice yo.

—¿Sin que Morris lo supiera? —pregunta Josh.

Sloan se sonroja.

—Lo sé, me siento mal, pero…

—Espera —interviene Paul—, ¿cómo lograste meterte en la cuenta de Facebook de Morris?

Sloan nota cómo todas las miradas se clavan en ella. Incluso Stephen parece dejar de quejarse para esperar la respuesta de Sloan.

—Hemos estado quedando últimamente —admite.

Paul estalla en carcajadas.

—Esta familia es una locura —dice sin dirigirse a nadie—. Me encanta.

—Lo sabía —dice Harriet en su tono de Hermana Mayor Astuta.

A Sloan le sorprende un poco que, al parecer, Angela no haya difundido la noticia. Consciente de lo mucho que le encanta a su tía chismear donde sea, cuando sea y sobre quien sea. Había dado por sentado que, a estas alturas, toda su familia se habría enterado de lo de Harry el Peludo, por no mencionar la nota que le dejó en el parabrisas.

—Pues *claro* que Harriet lo sabía —se burla Paul de su hermana mayor—, porque a Harriet no se le escapa nada.

—No, solo tengo buen olfato —dice Harriet—, y en cuanto supe que llevabas la colonia de papá en el cumpleaños de Stephen...

—¿Eras *tú*? —le pregunta Paul a Sloan, sorprendido—. Me quedé muy confundido cuando la olí en el patio. Creía que me lo había imaginado.

Sloan está casi tan sorprendida como Paul.

—¿Por qué no dijeron nada? Me la puse con la esperanza de que lo hicieran.

Una pelota de voleibol le da en la cabeza a Paul, tras lo que Harriet y Josh cubren a Stephen instintivamente por si vienen más. Paul se da la vuelta, ve que su compañero de equipo es el culpable y sonríe.

—Tengo que ayudar a estos *incels* a quitar la red —dice, y se pone de pie de un salto—. Enseguida vuelvo.

Harriet observa cómo Paul se aleja corriendo.

—Nuestro hermano tiene treinta años y parece de dieciséis.

—¿Qué hacen Morris y tú para divertirse? —le pregunta Josh a Sloan—. ¿Ir de discoteca?

Sloan le lanza una mirada de enfado.

—Fuimos a Harry el Peludo.

Josh se ríe.

—¿En serio? —pregunta Harriet.

Sloan asiente.

Harriet parece intrigada.

—¿Qué más?

—Vimos *Los Goonies* en el autocine —continúa Sloan—, y le regalé algunas de mis obras de arte viejas para su sala.

—Así que has vuelto a casa de papá —comenta Harriet.

Sloan asiente.

—¿Qué tal fue? —pregunta Josh.

—Bastante triste, la verdad —responde Sloan, pensando en lo vacía que parece la casa ahora que Fred ya no está—. Es un hombre muy dulce.

—Debió de serlo cuando te dio la colonia —dice Harriet mientras levanta a Stephen en el aire para oler si tiene el pañal sucio—. Porque a saber dónde la habrías encontrado si no.

Sloan está confundida.

—No sé, ¿quizás en un quiosco del centro comercial? ¿Walgreens? ¿Amazon?

—Esa colonia es *imposible* de encontrar —indica Josh—, créeme. Intenté buscarla la Navidad pasada para Harriet.

—Le preguntó a mamá cómo podía encontrarla —explica Harriet—, y la fabrica una pequeña empresa británica...

—Canadiense.

—Una empresa canadiense que quebró hace años —termina Harriet—. Al parecer, papá lo sabía y compraba la colonia al por mayor.

—La usaba con mucha moderación, además —añade Josh—. Un hombre listo.

Sloan ata los cabos.

—Entonces, ¿asumiste que la única forma de conseguirla era si Morris todavía tenía uno de los frascos viejos de papá?

—No sé si pensé que era la *única* forma —contesta—, pero sí la más probable.

Sloan se tensa cuando cae en la cuenta de que lo más probable es que Beth pensara lo mismo cuando la olió en el cumpleaños de Stephen. El colapso emocional que tuvo en la fiesta tiene mucho más sentido.

Harriet le pide a Josh que le cambie el pañal a Stephen, y después de que ambos se pongan bajo la sombra de la sombrilla, Harriet se acerca a Sloan.

—Mira —dice con dulzura, y le da un empujoncito a su hermana en el pie—, es tu boda. Si quieres que Morris te acompañe al altar, creo que deberías hacerlo.

Sloan observa el rostro de su hermana en busca de cualquier señal de sarcasmo.

—¿En serio?

—Sí. *Pero*, por favor, háblalo con mamá primero, ¿de acuerdo?

—Por supuesto.

—Pero me refiero a *hablarlo* con ella, Sloan. —Harriet la mira y luego baja la voz—. Tiene sentido que quieras conocer al amor de la vida de papá, pero recuerda que papá siempre ha sido el de ella.

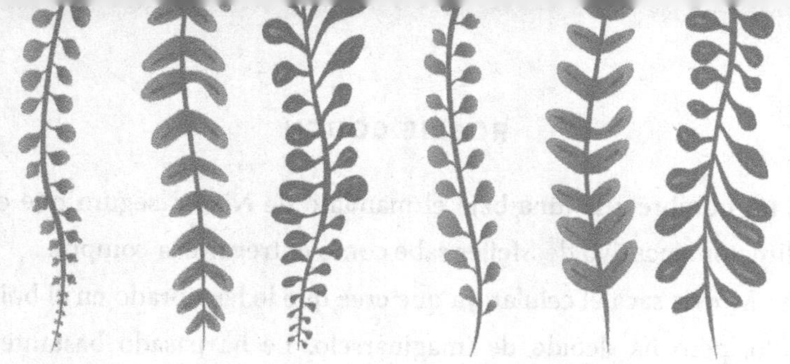

CAPÍTULO 28

Morris

UNO DE LOS MUCHOS LUGARES a los que Morris no se ha acostumbrado desde la muerte de Fred es el supermercado. Ha descubierto que le genera mucha más ansiedad. Fred era uno de esos compradores rápidos y eficaces que entraba en Meijer con confianza, como si el sitio fuera suyo, con la lista de la compra en la mano, y salía quince minutos después con todo lo necesario para la semana.

Hoy en día, sin embargo, Morris evita las cajas de autoservicio, que siempre parecen fallar, y se abruma fácilmente con la infinita variedad de alimentos y productos imaginables que le devuelven la mirada desde los estantes. Se acuerda de cuando le dabas billetes de un dólar a un cajero humano para comprar manzanas, de las que solo había rojas y verdes.

Ojalá hubiera un botón en el celular para hacer la compra, igual que ahora hay uno para entrar en Facebook. Quizás podría preguntarle a Sloan si lo hay, piensa, mientras empuja el carrito por la esquina hacia el pasillo de los cereales. Si pudimos enviar a un hombre a la luna bajo el mandato de Nixon, seguro que el director ejecutivo de Meijer sabe cómo entregarle la compra.

Morris saca el celular, ya que cree que le ha vibrado en el bolsillo, pero ha debido de imaginárselo. Le ha pasado bastantes veces en los últimos días, y ahora se da cuenta de que las llamadas inexistentes suelen sonar cuando piensa en Sloan. ¿Será solo una ilusión? Es posible. Pero no se atrevería a dar por sentado que un mensaje o una llamada de Sloan conllevaría una noticia positiva con respecto a la boda. De hecho, se recuerda a sí mismo que es muy probable que no.

Morris deja de empujar el carrito y se queda mirando la media docena de sabores de Cheerios que tiene delante mientras sus pensamientos vuelven a Sloan.

Una parte de él se siente culpable por ponerle condiciones para que acepte acompañarla al altar. ¿No debería ser Sloan la única que tome esa decisión? Pero, por lo que Fred le había contado, o bien las emociones de Beth están tan vivas como hace años o bien se han endurecido como puñales a estas alturas. Sea como sea, Morris apenas confía que lo reciban en la boda con los brazos abiertos (ni siquiera cerrados y momificados), y jamás se perdonaría si su presencia arruinara el gran día de Sloan.

Tras recordar que todavía tiene media caja de Wheaties en casa, Morris se vuelve hacia el carrito y empieza a empujar. Se le hiela la sangre cuando ve la figura acercándose por el pasillo, por lo demás vacío, a medida que Angela se dirige hacia él.

Reconoce un vestigio de arrepentimiento y pánico que dura una fracción de segundo cuando sus miradas se cruzan (es posible que Angela también perciba lo mismo en él) antes de que ambos se apresuren a comportarse amablemente.

—Hola, Morris —dice Angela.

Morris asiente con amabilidad.

Ambos empujan los carritos, pasan uno al lado del otro y siguen su camino, felices. Morris siente un alivio enorme mientras recorre el resto del pasillo a paso rápido. ¿Qué creía que iba a pasar? ¿Que la tía de Sloan empezaría a atacarlo junto a los Cinnamon Toast Crunch? Morris niega con la cabeza ante su propia estupidez, pero sonríe al pensar en el trasvesti vestido de Albert Einstein.

Dobla la esquina y entra en el pasillo contiguo a su izquierda solo para arrepentirse de inmediato de su fatal error. A diferencia de Morris, Angela ha girado a la derecha, lo que significa que están obligados a volverse a cruzar. Morris mata todo el tiempo que le es posible fingiendo que está indeciso sobre qué palomitas comprar (mantequilla de cine o queso cheddar) hasta que cede y empuja el carrito hacia adelante, con la esperanza de que ambos se arranquen la incómoda tirita con la misma facilidad que antes.

Angela se está ahuecando los rizos blancos mientras pasa junto a Morris con un carrito lleno de diez veces más artículos que el suyo.

—Vaya, hola —dice—, qué gusto verte por aquí.

—¿Nos vemos en la sección de los panes? —bromea Morris.

Se ríen con toda la hipocresía que les permite su temperamento típico del Medio Oeste, y Morris suspira aún más aliviado cuando el carrito de Angela pasa detrás de él y desaparece de la vista, hasta que la oye carraspear.

—¿Morris?

Se da la vuelta.

—Sobre el pintalabios en mi parabrisas la otra noche… —se va apagando.

Morris siente un nudo en el estómago.

—¿Mmm?

—No pasa nada —dice con una sonrisa cómplice—. No estoy enfadada. Sé que *tú*, por supuesto, no lo hiciste. Tenía el nombre de Sloan escrito por todas partes. Supongo que no quería que sintieras que estaba molesta por ello. —Hace una pausa con una sonrisa—. Ya sabes, por si nos seguimos cruzando en nuestras futuras compras.

Morris se ríe.

—Vale. Bueno, te agradezco que me lo hayas dicho...

—De todas formas, no puedo enfadarme con ella —continúa mientras recorre con la mirada una hilera de Doritos—. Ya sabes, con la mala racha que está pasando y todo eso. —Se decide por los Cool Ranch.

—¿Mala racha?

Angela lo mira.

—Oh. Supuse que te lo había contado —dice—. Problemas de dinero —aclara, solo moviendo los labios.

—Ah, ya veo.

Angela parece estar dándole vueltas a algo. Decide dar unos pasos hacia él.

—Sé que nos acabamos de conocer —dice—, y que nuestra conexión es un poco... bueno, *incómoda*.

Morris nota cómo le late el corazón en la garganta.

—No iba a mencionar nada cuando te he visto en el otro pasillo, pero ahora creo que debería —continúa—. Porque si yo estuviera en tu lugar, querría que alguien me lo dijera.

El nerviosismo de Angela se le ha contagiado con éxito también.

—¿Sloan está bien?

—Oh, *sí*, sí, no es nada de eso —responde—. Sloan está sana y salva. Es solo que temo que no esté siendo completamente honesta contigo en cuanto a sus intenciones... y no soy la única de la familia que lo piensa.

Morris no sabe qué hacer con sus manos temblorosas, así que las vuelve a colocar en el carrito.

—¿Es por la boda?

Parece confundida.

—¿La boda de Sloan?

Asiente.

—¿Qué le pasa? —pregunta Angela.

Sloan no se lo habrá mencionado a su familia todavía, piensa. Descarta el pensamiento con una sonrisa y niega con la cabeza.

—Sloan mencionó que está comprometida, eso es todo. ¿Sobre qué no ha sido sincera conmigo?

Angela lo mira con tristeza.

—Sé que últimamente han empezado a conocerse, lo cual es encantador. El problema es que Sloan... —Angela hace una pausa para elegir bien las palabras—. Sloan siempre ha sido impredecible, una bala perdida, llámalo como quieras. Y desde que dejó la universidad ha empeorado.

—¿El qué ha empeorado?

—Bueno, con Harriet teniendo tanto éxito y Paul, Dios lo bendiga, encontrando una gran carrera profesional también —explica—, creo que Sloan se ha estado sintiendo... *estancada*. Lleva Dios sabe cuánto tiempo de camarera en Dorothy's y no tiene intención de hacer un cambio, mientras que Todd está de brazos cruzados en la tienda de bicicletas. Así que aquí estamos, con la boda a la vuelta de la esquina, y mi hermana ha estado pagándolo todo (y le parece bien, por supuesto), pero ha causado algunos roces en la familia, y... —Angela hace una pausa para respirar—. Me estoy dejando llevar, mis disculpas.

Morris asiente, sin saber qué pensar de todo esto.

—No pasa nada.

—No pretendo menospreciar a mi sobrina. La quiero muchísimo. *Todos* la queremos.

—Es una chica estupenda.

—Pero creemos que quiere tu casa.

Morris parpadea.

—¿Disculpa?

—Estamos bastante seguros de que quiere tu casa —repite—. O sea, quiere que se la dejes en tu testamento.

Morris siente como si el suelo bajo sus pies desapareciera.

—Sloan sabe que no tienes hijos a los que dejar una herencia —continúa Angela—, y odio ser grosera, pero estoy segura de que también entiende lo mucho que puede llegar a valer hoy en día una propiedad con unas vistas como la tuya.

Morris se agarra con más fuerza al carrito de la compra, solo para asegurarse de que se mantiene en pie.

—¿Sloan te ha dicho esto?

—No ha confesado que sea su objetivo final, si te refieres a eso —responde Angela—, pero las señales son obvias para la gente que la conoce mejor. —Hace una pausa—. ¿La has notado siendo entrometida?

—¿Entrometida?

Angela asiente.

Morris intenta recordar, pero la acusación contra Sloan lo pilla tan desprevenido que apenas puede pensar con claridad.

—Sí que admitió haber mirado mi agenda hace unas semanas —dice, recordando que Sloan se enteró de lo del autocine y de lo de la visita de Nicholas por haberle echado un vistazo a la agenda—, pero no fue un problema. No me importó. Eso es todo, creo.

Angela suspira con tristeza.

—¿No sabías que ha entrado en tu Facebook entonces?

Morris siente un puñetazo en el estómago. Habría preferido que fuera el puñetazo real de Angela en la situación que se había inventado antes en vez del imaginario de ahora.

—Me ayudó a descargar el botoncito de Facebook en el celular —dice—. Le pedí que me ayudara a encontrar los mensajes.

—Parece que ha estado compartiendo capturas de pantalla de tus mensajes privados con algunos familiares. —Angela levanta las palmas de las manos como si fuera inocente—. Yo no las he visto, así que no me preguntes qué implicaban. Escuché cómo Paul se lo susurraba a Harriet en una cena familiar hace poco, pero... ¡*Susan*! Dios mío, ¿cómo estás?

Morris ve a una mujer más o menos de la edad de Angela caminando hacia ellos por el pasillo.

Angela se inclina hacia Morris.

—Lo siento mucho, Morris, no pretendía soltarte todo esto de golpe. —Hace una pausa—. Pero ¿no es importante saber la verdad?

Angela abraza a su amiga mientras Morris empuja el carrito hacia la parte delantera del supermercado. ¿Sloan llevaba planeando esto desde el día que fue a su casa? ¿Es por eso que lo invitó al autocine y le regaló los cuadros también? Qué ingenuidad tan vergonzosa por parte de Morris pensar que realmente le pediría *a él* que la acompañara al altar.

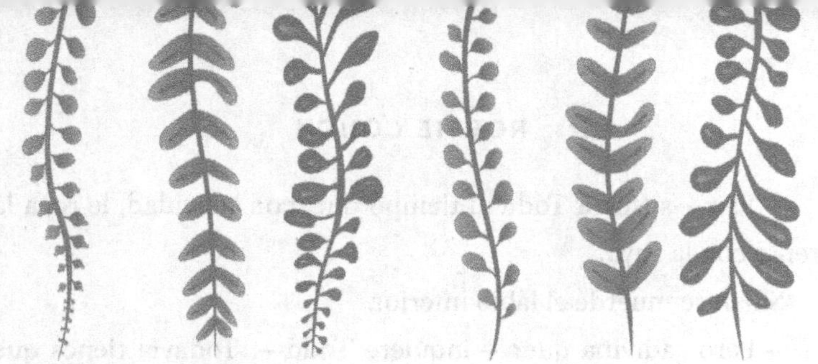

CAPÍTULO 29

Sloan

SLOAN NUNCA HABÍA TENIDO UNA mañana tan productiva. Con un poco de ayuda de Adele en los oídos y café en el organismo, ha barrido la cocina, ha lavado y secado toda la ropa sucia y se ha encargado de los platos sucios. Se aparta del fregadero con los auriculares todavía puestos y casi le da un infarto. Todd está de pie frente a ella, medio riendo, medio intentando decirle algo. Se quita los auriculares.

—Dios —susurra—, no te acerques con tanto sigilo.

Sloan baja el volumen del celular hasta que *Rumor Has It* se desvanece y queda en silencio.

—He *dicho*... —enfatiza Todd mientras la agarra por la cintura y se inclina para besarla. Se queda cerca de ella cuando sus labios se separan—. Te ves sexi cuando bailas acompañada de Adele.

Sloan sonríe.

—¿O solo eres un imbécil al que le gusta que su mujer lave los platos?

—Eso —susurra Todd al tiempo que, con suavidad, le roza la frente con la suya.

Sloan se muerde el labio inferior.

—Pero ¿adivina qué? —inquiere Todd—. Todavía tienes que mandarle un mensaje a tu madre.

Sloan se aparta de él, gimiendo.

—Está bien, aguafiestas.

—Te quiero.

Para fastidio de Sloan, a estas alturas Todd sabe que, cuanto más decidida está a dejar el apartamento impecable, con más intensidad intenta evitar hacer algo. No siempre le resulta fácil identificar el motivo de la procrastinación de Sloan, pero hoy ha debido de ser fácil, teniendo en cuenta la frecuencia con la que ha estado mencionando el miedo que le da hablar con su madre sobre Morris.

Todd la mira en su diminuta cocina, apoyado en la encimera frente a ella.

—Va a ir bien.

—Lo sé.

—Entenderá lo que quieres decir. —Todd hace una pausa—. O pensará que eres una traidora a la familia y no vendrá a la boda.

—La esperanza es lo último que se pierde.

Sloan hincha las mejillas y exhala despacio mientras mira el mensaje que le ha escrito a su madre, pero que no ha enviado aún: «Hola, ¿tienes tiempo para hablar hoy? ¿Un helado?».

—Bueno —dice Sloan al tiempo que le da a enviar—. Listo.

—Bien hecho —contesta Todd, que se separa de la encimera y se acerca impaciente hacia ella—. *Ahora,* ¿puedo comértela?

Mientras Sloan se muestra evasiva con una respuesta, su celular se ilumina.

—Qué rápido —dice, y agarra el celular. *Sospechosamente* rápido, la verdad. Su madre suele tardar cinco minutos en escribir una sola frase. Sloan lee el mensaje:

Corazón, estaba a punto de llamarte. ¿Nos vemos allí ahora?

—¿Corazón? —Sloan lo mira fijamente—. ¿Esto...?

Se lo muestra a Todd.

—¿Suena a tu madre? —completa Todd—. Para nada.

Sloan lo relee.

—¿Nos vemos allí *ahora*? ¿Tiene prisa?

—No lo sé, cariño.

—¿Crees que la han secuestrado y que su secuestrador me mandó esto?

—Probablemente.

—¿Eso significa que no tengo que verme con ella?

—No.

Sloan va a cambiarse la camiseta (sabe que su madre comentará algo sobre los tirantes finos si no se cambia) y luego sale. Se sube a la bicicleta y aprovecha el trayecto soleado de diez minutos para repasar lo que quiere decir. Empezará explicando por qué visitó a Morris, terminará con el partido de voleibol de Paul y, con suerte, abarcará todos los puntos importantes en medio. Justo hoy, se recuerda Sloan, la paciencia debería ser una virtud.

Se acerca a la heladería y se sorprende cuando ve que Beth ya está sentada en un banco fuera del establecimiento.

—Qué rápido. ¿Has venido a ciento cincuenta kilómetros por hora todo el trayecto? —pregunta Sloan con una sonrisa burlona en un intento por empezar la conversación en un tono ligero antes de que dé un giro inevitable. Sin embargo, a juzgar por la expresión desolada de su madre, Beth no está de humor para bromas.

Sloan le pone el candado a la bicicleta y se sienta con su madre en el banco.

—¿Qué pasa? —pregunta, ya que nota que los ojos de Beth tienen ese brillo rojo de haber llorado.

—Lo siento, Sloan —responde, y le pone la mano en el regazo—. No pensé que haría algo así.

—¿Qué ha hecho? —Sloan ladea la cabeza, confundida—. ¿Y *quién*?

Beth mira a su hija. Sloan mira a su madre. Y sus sospechas mutuas empiezan a aflorar poco a poco.

—¿Por qué querías hablar conmigo hoy? —le pregunta Beth.

Sloan la mira con los ojos entrecerrados.

—¿Por qué querías hablar *tú* conmigo hoy?

El intercambio de miradas continúa hasta que ambas se rinden y empiezan a hablar al mismo tiempo.

—Le he pedido a Morris que...

—Morris vio...

Ambas se quedan paralizadas.

—¿Qué ibas a contarme sobre Morris? —pregunta Beth.

Sloan espera un instante.

—¿Qué ibas a contarme *tú* sobre...?

—¡Dios, Sloan, suéltalo ya! —grita Beth.

Sloan se sobresalta. Una niña pequeña que está saliendo del establecimiento se sobresalta y casi derrama el helado, tras lo que empieza a llorar. La madre le lanza una mirada de odio a Beth, pero esta está demasiado preocupada con su propio lío materno como para importarle.

Sloan cierra los ojos y se recuerda a sí misma que tiene razón.

Es *su* boda, Morris es *su* padrastro, y no debería dejar que Beth le diga lo contrario.

—Le he pedido a Morris que me acompañe al altar, mamá.

Sloan espera un momento y luego abre un ojo para ver la reacción de Beth. A su madre se le están llenando los ojos de lágrimas.

—Antes de que te pongas emotiva —dice Sloan—, ¿podemos al menos hablar de ello?

—¿De tu decisión de traicionar mi confianza?

—No estoy traicionando a nadie, mamá.

Beth se burla.

—Si esto no es traición, entonces no sé qué lo es.

Sloan rechina los dientes en vez de gritar.

—Mira, he visto a Morris unas cuantas veces en los últimos meses, y…

—Oh, créeme —la interrumpe Beth—, lo sé. Hace *semanas* que lo sé. Supe que estabas viéndolo en cuanto te olí la colonia.

Sloan frunce el ceño con disgusto.

—Lo dices como si me lo estuviera tirando.

—¡*Ja*! —Se ríe Beth—. No serías el primer familiar en hacerlo.

Sloan se traga un insulto antes de soltarlo.

Paciencia, se recuerda Sloan de nuevo. *PACIENCIA*.

—Si estás dispuesta a hablar de ello, puedo explicártelo todo —dice Sloan con dulzura—. Entonces, si aún te incomoda que Morris esté ahí, no me acompañará al altar. Y es una promesa *suya*, no mía, porque dijo que no lo hará a menos que lo apruebe toda nuestra familia. ¿Vale?

Beth parpadea con los ojos llorosos.

—¿Mamá? —Sloan le da un empujoncito con el codo.

—Dudo que quiera estar ahí —dice Beth.

—¿Por qué?

—Porque tu tía ha hablado con él.

—Lo sé. En Harry el Peludo. Yo estaba ahí.

—No —contesta Beth y la mira por fin—. Lo vio en el supermercado.

—¿Vale...? —dice Sloan, poniéndose nerviosa—. ¿Y?

—Y... —Le cuesta pronunciar las palabras—. Es que no puedo creer que lo haya hecho, Sloan.

—¿Qué ha hecho?

Beth se queda callada.

—Mamá, ¿qué ha hecho Angela...?

—Tu tía le dijo a Morris que solo has empezado a verlo porque sabes que no tiene hijos y quieres caerle en gracia.

—Perdona, *¿qué?* —Sloan intenta procesar lo que acaba de oír—. ¿Y por qué iba a pensar algo así?

El nudo que tiene Beth en la garganta es tan grande que Sloan oye cómo baja cuando traga.

—Tu tía malinterpretó algo que dije.

—¿Qué dijiste?

Beth rompe el contacto visual.

—Estaba enfadada cuando lo dije, Sloan. Estaba desahogándome en el cumpleaños de Stephen, justo después de oler la colonia de tu padre. Ni siquiera lo creía de verdad.

—Mamá.

—Dije que lo más probable es que quieras estar en su testamento, ¿de acuerdo? —Hace una pausa—. Y que lo más probable es que también quieras heredar su casa.

Sloan se pone de pie al instante.

Beth sacude la cabeza.

—Lo siento.

Sloan empieza a pasearse por la acera con los puños apretados mientras más familias felices entran en la heladería. Siente que va a vomitar.

—Estás loca.

—*Sloan.*

—¡Lo estás, mamá! —replica—. ¿Por qué dirías algo así? ¿Crees que por eso empecé a hablar con Morris?

—Como he dicho, *no* —enfatiza Beth—. Claro que no pienso eso. Estaba diciendo tonterías porque estaba molesta, algo que pensé que tu tía entendía en ese momento, pero está claro que no.

—¿Pero por qué iba a querer exagerar? —dice Sloan—. Y, *por favor,* no digas que tiene que ver con su parabrisas.

Beth alza la vista.

—¿Parabrisas?

—Da igual.

Sloan se desploma en el banco. Se encorva, con los codos sobre las rodillas y las mejillas entre las palmas de las manos, y se pregunta cómo es posible que comparta acervo genético con una persona tan desquiciada e imprudente como Angela.

—Me estaba cuidando, Sloan —dice Beth—. Sus intenciones eran buenas.

—Inventó una mentira terrible sobre tu propia hija. —Señala Sloan—. Es triste que pienses que *eso* significa que te está cuidando.

Beth se seca los ojos.

—Tu tía me protege porque todavía no ha superado lo que hizo tu padre.

—Ya, porque *tú* no has superado todavía lo que hizo mi padre.

—Ojalá no le hubiera mentido a Morris, Sloan. Pero ponte en su lugar. ¿Y si Josh estuviera teniendo una aventura a espaldas de Harriet? ¿Cómo te sentirías? No le gusta que uno de mis hijos se acerque cada vez más al hombre que...

—«Arruinó mi matrimonio y destruyó mi vida» —se burla Sloan—. Eres un disco rayado. Sí, papá la cagó bien cagada, y no voy a defender lo que hizo. Pero fue hace una década, mamá. Tienes que pasar la página.

—¿Por qué debería hacerlo?

—Porque estás arrastrando a toda la familia contigo.

Ahora es Sloan la que está recibiendo miradas de odio de padres de niños con conos de helado mientras Beth busca un pañuelo en sus bolsillos.

Adiós a practicar la paciencia. No es que su sangre esté a punto de llegar al punto de ebullición, sino que se le ha desbordado. Podría decir cien cosas crueles sobre Beth y soltar cien más únicamente sobre el pelo de Angela. Pero al pensar en Morris y en lo desolado que debe de estar solo en la casa que Sloan supuestamente quiere para sí misma, algo se quiebra en su interior. Y en lugar de luchar, simplemente se rinde.

—Voy a cancelar la boda —dice Sloan mientras se pone de pie—. Es lo mejor.

Espera que su madre se enfade o que su llanto empeore. Pero, en vez de eso, Beth se limita a asentir y murmurar:

—De acuerdo.

Sloan se acerca al estacionamiento de bicicletas cercano y le quita el candado a la suya.

—Puedes pedirle pruebas a Harriet y a Paul si no me crees, pero te equivocaste con Morris, mamá. Has estado equivocada todo este tiempo.

Sloan se sube a la bicicleta y se aleja pedaleando.

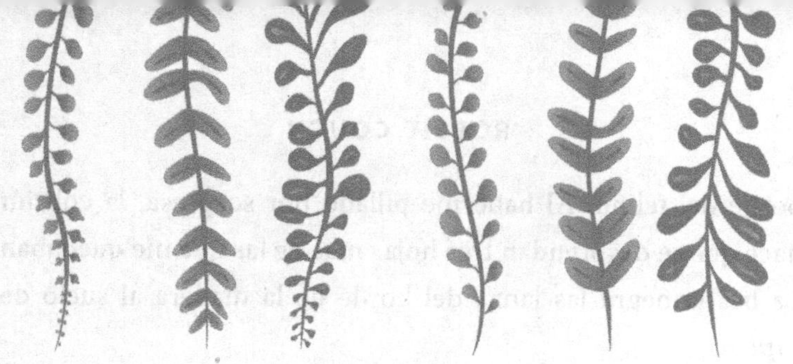

CAPÍTULO 30

Jade

NO SÉ QUÉ EXPERIENCIAS DE los *sapiens* son comparables con la muerte de una suculenta por sequía. Quizás puedas imaginarte atrapado en una habitación que va perdiendo el oxígeno poco a poco o atado al fondo de un barco que se hunde. No disfruto ser tan pesimista, *sapiens*, y jamás te desearía ninguno de esos horrores. Pero el tormento que estoy sufriendo no me ha dejado otra opción que aceptar que mis raíces me han abandonado.

No sé por qué zumbaron con tanta fuerza el día que la chica *sapiens* me rescató del rincón oscuro solo para que pereciera poco después. Pero me siento más cerca de la muerte que nunca. Y si Valeria y Blaze no han sido capaces de llamar la atención de Segundo Sapiens para que se fije en nuestros inminentes viajes a la Tierra Durmiente, ¿qué posibilidades tengo yo?

Mi hoja más seca se desprende del tallo segundos antes de que algo se estrelle contra mi maceta. Noto cómo me roza el pelaje del felino. Al haberme pillado por sorpresa, la colisión hace que se desprendan tres hojas más de las que me quedaban. La bestia negra las lanza del borde de la madera al suelo del *sapiens*.

—¿No me has oído? —pregunta Blaze.

—¿Eh?

—Intenté advertirte del ataque —dice, frustrado por mi apatía.

Puede que Blaze lo haya hecho, pero no he recibido su mensaje. Apenas estoy en condiciones de existir, mucho menos de defenderme de criaturas con colmillos, y el felino negro parece que lo sabe también. Últimamente me ha estado acechando con más implacabilidad.

—¿Pasaré a la Tierra Durmiente en cuanto muera? —le pregunto a Valeria.

—No estoy segura, cariño —responde.

—¿Comenzará la muerte en el momento que pierda la última hoja? —continúo.

—Eso dicen los rumores —interviene Blaze.

—Por eso creo que deberías conservar hasta la última mientras puedas —añade Valeria.

Su sugerencia me da una idea, y hace que mis raíces vibren con más fuerza que nunca. Siento como si toda mi maceta se hubiera electrificado. ¿Están jugando conmigo otra vez? ¿O *no* han estado jugando todo este tiempo?

En el estado en el que me encuentro, mis raíces no malgastarían energía para convencerme de algo basado en una intuición sin fundamento... a menos que no sea una intuición sin fundamento en absoluto. Están intentando decirme algo importante. Lo presiento.

—¿Qué pasa? —pregunta Valeria. Debe de sentir que mis raíces están a toda marcha.

—Nada. —No lo entenderá.

Mis tallos sujetan cada hoja con todas sus fuerzas. Si quiero que mi plan funcione, no puedo permitirme perder muchas más.

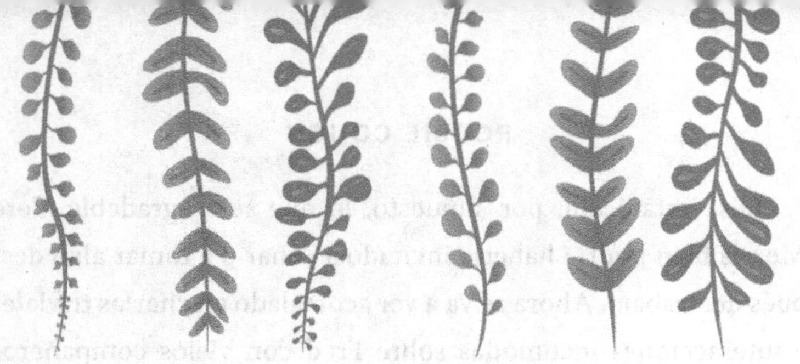

CAPÍTULO 31

Morris

MORRIS REFUNFUÑA MIENTRAS MIRA EL reloj, deseando no haber aceptado asistir al almuerzo de antiguos profesores. Sin querer, le pisa la punta de la cola a Rascal, y el gato se marcha furioso. Bien merecido se lo tiene por ponerse en medio, piensa Morris, pero enseguida se siente culpable y le da una golosina al gato.

Su celular vibra. Baja la vista para leer un mensaje de su antiguo compañero de trabajo, Peter, en el que le confirma que él tampoco asistirá al almuerzo de antiguos profesores. Morris ya se lo imaginaba, teniendo en cuenta que, de todas formas, se pasa la mayoría de los meses en Florida. Pero la noticia no le ayuda a salir del bajón. Su otra amiga jubilada, Mary, respondió ayer y le dijo que está haciendo de niñera. Tienen cónyuges y nietos que llenan sus días; Morris tiene la cola de Rascal para pisarla.

Baja la vista hacia el gato después de lanzarle una golosina.

—Lo siento.

Rascal acepta su disculpa con un suave maullido.

Elisa estará allí, por supuesto, lo que será agradable. Pero Morris bien podría haberla invitado a cenar o a tomar algo después del trabajo. Ahora se va a ver acorralado en charlas triviales e interacciones incómodas sobre Fred con viejos compañeros cuyos nombres puede que no recuerde. Y por muy bienintencionadas que sean sus preguntas, todos querrán saber lo mismo: «¿Cómo has estado desde... ya sabes?».

Morris de verdad sentía que el capullo que lleva dentro estaba empezando a florecer. Pero descubrir la intención detrás de la repentina y triunfal entrada de Sloan en su vida lo había desanimado. Morris se mete en los mensajes para responderle a Peter, pero, en vez de eso, se distrae cuando ve los mensajes de Sloan.

Poco después de que Angela se lo encontrara en el supermercado, Sloan empezó a dejarle mensajes y mensajes de voz pidiéndole disculpas. Morris se aseguró de responderle, y rechazó su oferta de acompañarla al altar con cortesía y le sugirió que se volvieran a ver después del caos de la boda. Aunque no está seguro de si cumplirá con eso o no. Sloan afirma que su tía miente, y existe la posibilidad de que esté diciendo la verdad. Pero últimamente Morris no confía demasiado en nadie, sobre todo en sí mismo. E incluso si Sloan *dice* la verdad, está claro que está separando a los Hopperbot con su simple existencia.

Preferiría que Sloan pasara la página. Es lo mejor.

Se estremece cuando ve la computadora mientras cruza la habitación para cambiarse los zapatos. Técnicamente, el navegador de internet sigue abierto en la página de Solteros Experimentados, pero solo queda un mensaje de error. ¿Cómo pudo ser tan estúpido?

Después de mirarse en el espejo para asegurarse de que tiene la corbata recta y el pelo está domado, agarra las llaves y conduce hasta la secundaria.

Ha vuelto a la Secundaria Coral Cove varias veces desde que se jubiló, pero, sin duda, han pasado años desde la última vez que puso un pie dentro. Morris entra en el estacionamiento de la secundaria y se sorprende cuando nota que sonríe al ver el edificio de ladrillo rojizo. Algunos días de trabajo fueron tan largos como difíciles, pero tenía muchos más recuerdos buenos que malos. A medida que cruza el jardín delantero hacia la entrada de la secundaria, Morris se acuerda de la cantidad de exalumnos a los que todavía tiene que responder en Facebook, y eso le levanta aún más el ánimo.

A lo mejor el día de hoy no acaba siendo tan terrible como supone que va a ser.

Morris abre la puerta principal y entra. Enseguida se da cuenta de que el vestíbulo ha recibido una renovación impresionante, con una vitrina nueva que muestra los diversos premios de la escuela y una enorme alfombra bajo sus pies que anuncia a todo el que entra que está en el «¡PAÍS DE LOS COBRA!». Sin embargo, al reconocer el olor rancio a lejía Clorox y lápices, se da cuenta con una sonrisa de que en la escuela todo sigue oliendo igual. Hay cosas que no cambian nunca.

Elisa dijo que se encontraría con él en el vestíbulo para ir juntos al almuerzo, pero, como siempre, llega temprano. Así pues, Morris busca la invitación en el bolsillo, que incluye el número del aula de Elisa, y decide que puede ir a su encuentro en vez de esperarla. Sin embargo, cuando desdobla el papel, algo pasa zumbando junto a su cabeza.

—¿Qué...?

Retrocede, sorprendido. Un pájaro vuela por el pasillo, alejándose de él como un borrón. Aunque la visión de Morris ya no es la de antes, cree que también podría ser un colibrí gorgirrubí. Sin embargo, podría estar equivocado, ya que su vista no ha envejecido como el buen vino que derramó la última vez que el pájaro lo visitó. Obviamente, tiene que averiguarlo con certeza.

Camina tan rápido como le permiten las piernas y dobla donde mismo lo hizo el pájaro. Unas aulas más allá, sigue volando, así que Morris acelera el paso. El pájaro dobla otra esquina, luego otra, pero todavía no ha podido verlo lo suficientemente cerca como para verificar la especie.

Está a punto de darse por vencido cuando el pájaro se abalanza sobre la puerta abierta de un aula. Morris asoma la cabeza, y lo primero que ve son las viejas plantas de Fred junto a la ventana.

—¿Elisa? —pregunta mientras mira el aula vacía que tiene diagramas de las partes de una célula en la pared—. ¿Estás aquí?

Parece que no.

Así pues, Morris cruza la habitación para ver las plantas de cerca. Sus sospechas quedan confirmadas enseguida ante el tamaño y el color de las hojas: todas las suculentas de Fred están viviendo a lo grande en comparación con las tres que Morris tiene en su casa. Todas han crecido tanto desde que murió Fred que ni siquiera está seguro de cuál es cuál, sobre todo porque Elisa parece haber añadido muchas más al grupo este semestre. La única que Morris está seguro que era de Fred era la...

—*Sansevieria*, eso es —murmura Morris mientras lee la etiqueta que Elisa creó para ella y las demás debajo de la maceta. Su nombre oficial es *Dracaena trifasciata*, según descubre Morris al leer el resto de la etiqueta. La planta, originaria de Sudáfrica, solo debe regarse una vez al mes.

Elisa tiene *cinco* sansevierias, de hecho, todas están reunidas en la misma sección junto a un cráneo humano reconstruido (y presumiblemente de plástico). Pero Morris reconoce la maceta rosa brillante en la que vivía la de Fred en casa. Tiene las hojas más altas y verdes que cuando Elisa se llevó la joven planta hace seis meses. A Fred le alegraría saber que está prosperando junto a las demás suculentas, pero para Morris supone una sensación agridulce. Una parte de él desearía no haber regalado ninguna de las plantas de Fred, hasta que se acuerda de que parece que es incapaz de mantener *tres* plantas de interior vivas, mucho menos el pequeño jardín que Fred había creado en la sala.

—Aquí está —dice Elisa al entrar. Morris se gira hacia ella con una sonrisa mientras Elisa sonríe satisfecha, y ambos se abrazan—. Pensaba que íbamos a vernos en el vestíbulo. ¿Qué ha pasado?

Morris se acuerda de repente. Sus ojos se dirigen al techo y escudriñan cada rincón, pero la criatura no aparece por ningún lado. ¿Era un colibrí gorgirrubí? ¿Y ha traído a Morris hasta aquí?

Elisa también mira al techo con expresión confundida.

—No es nada —responde Morris, que se da cuenta de que la ventana está abierta. Tal vez el pájaro se ha ido volando—. Me ha parecido ver algo por el rabillo del ojo.

—Bueno, ¿qué le parece? —pregunta Elisa al tiempo que señala las docenas de plantas reunidas alrededor de la ventana—. Nada mal, ¿eh?

—Están fantásticas —afirma Morris—. Todas están en muy buen estado.

—Ha sido genial ver cómo los estudiantes disfrutan cuidándolas.

—Siento algo especial por esa —comenta Morris mientras señala la sansevieria bebé de Fred, que ya no es un bebé—. He reconocido la maceta enseguida. ¿Verdad que es preciosa?

—¿Quiere que se la devuelva?

Morris la mira.

—Sin presión, por supuesto —se apresura a asegurarle Elisa—, puede quedarse conmigo. No me importa. Pero ya tengo demasiadas sansevierias, por si no se ha dado cuenta, así que si la maceta tiene valor sentimental y a su sala le vendría bien un toque de verde... —Se encoge de hombros—. Usted decide, señor Warner.

Morris vuelve a mirar la sansevieria.

Ha hecho un trabajo tan horrible a la hora de cuidar a las otras tres que no se siente digno de aceptar una cuarta. Pero a lo mejor esta es la forma que tiene Fred de regañarlo para que lo haga mejor.

—Vale —contesta Morris—. Sí, me gustaría.

—Genial.

—¿Debería...? —Morris se acerca para recoger la maceta.

—¿Qué le parece si se la llevo a su casa esta semana? —propone Elisa—. Así no tendrá que cargar con ella durante el almuerzo.

—Qué buena idea.

Con una sonrisa, Elisa le pone una etiqueta con su nombre en el pecho.

—¿Listo, profesor?

Los dos salen juntos del aula y recorren el pasillo. Ahora que no está acechando con desesperación a un posible colibrí, Morris puede contemplar la secundaria en la que trabajó durante casi toda su carrera. Ve las mismas cosas de siempre que nunca cambiarán (la fuente rota junto a los vestuarios y la alfombra verde menta fea del despacho de orientación), pero también hay un mural nuevo precioso de la costa del lago Michigan en el pasillo, fuera del gimnasio.

—¿Ha empezado a llegar la gente? —pregunta Morris.

—Sí, también tenemos bastante público.

—¿Alguien que conozca? —Hace una pausa—. ¿O voy a ser el más viejo del grupo?

Elisa se ríe.

—Hay un montón de viejos ahí dentro, no se preocupe.

Morris ve una reunión de gente en el patio de la secundaria mientras pasan junto a las paredes de cristal. Empieza a preguntarse qué estará pasando ahí fuera cuando Elisa se detiene cerca de las puertas del patio y lo mira con emoción.

—La última vez que lo comprobé, esto no era la biblioteca —bromea Morris, un poco confundido.

A Elisa se le dibuja una sonrisa en el rostro.

—Señor Warner, por favor, no me odie. Pero no fui del todo sincera con usted con respecto al almuerzo de antiguos profesores.

—¿No?

Elisa le hace un gesto para que salga. Y casi se desmaya cuando se da cuenta de cuántas caras radiantes reconoce entre la multitud.

Nota cómo Elisa le posa la mano en la espalda y lo guía hacia adelante.

—Todos han venido por usted, señor Warner —dice a su lado—. Sorpresa.

La multitud estalla en aplausos a medida que conduce a Morris hacia la luz del sol. Mientras la rodilla mala le tiembla y el corazón le golpea contra las costillas, Morris les pone nombre a los rostros que lo rodean. James Realtor, quien fue el director de la Secundaria Coral Cove durante la mayor parte de su carrera profesional, se acerca para estrecharle la mano.

—Felicidades, Morris —dice—, muy merecido.

Para Morris es un misterio *qué* se merece exactamente, pero asiente y le da las gracias al director Realtor. Están Kevin Brown, quien estuvo de prácticas como profesor con Morris hace siglos, y

Cynthia Newbury, la mejor cocinera en la historia de la Secundaria Coral Cove. Pero lo que más lo alegra, *y* lo que más le sorprende, es ver a Peter y Mary, quienes no pierden tiempo en acercarse a saludar.

—No podía venir, ¿eh? —dice Morris.

Peter, petulante, le da una palmadita en el hombro.

—Perdón por las mentiras, amigo.

—No mentíamos —interviene Mary, que lo abraza por la cintura—. Técnicamente, *no* íbamos a un almuerzo de antiguos profesores.

Morris sigue conmocionado mientras Elisa lo lleva al otro lado del patio. Están a la sombra del imponente roble de la secundaria, que debe de ser casi tan viejo como el que está al otro lado de la ventana de Morris.

El grupo comienza a callarse por fin, y en la mano derecha de Elisa aparece un micrófono mientras la izquierda permanece sobre la espalda de Morris.

—Lo más probable es que se esté preguntando qué está pasando, señor Warner —empieza Elisa.

Morris, que apenas es capaz de hilvanar un solo pensamiento, y mucho menos una frase coherente, se limita a negar con la cabeza y a encogerse de hombros en un silencio atónito. La multitud se ríe.

—Bueno, como quizás ya saben, la Secundaria Coral Cove fundó nuestro Patio de la Fama Cobra hace unos años —dice, y señala al suelo con la cabeza.

Bajo las ramas del árbol, Morris ve varias placas de piedra de colores clavadas en el suelo. La primera que le llama la atención es la de Emily Lewis, exalumna de la generación de 1963 que llegó a ser fiscal general del estado. A pocos metros a la derecha, Morris ve otra placa que rinde homenaje a Tate Waters, quien jugó para los Denver Nuggets cuando ganaron el campeonato de la NBA en 2023.

—Cada semestre, aceptamos propuestas para la siguiente placa que acabará en el suelo del patio —continúa Elisa a través del micrófono—. Y después de contarles a los estudiantes del Club LGBTQ de la escuela que *usted*, señor Warner, fue el primer profesor de la escuela en revelar públicamente su auténtica identidad, propusieron su nombre. —Hace una pausa para contener las lágrimas, y lo logra—. No voy a derrumbarme, *no voy a derrumbarme* —murmura al micrófono.

Morris le da un empujoncito suave.

—Tú puedes.

Sonríe.

—Señor Warner, usted tuvo un gran impacto en mi vida. No solo se le daba tan bien su trabajo que hizo que *yo*, una científica lesbiana y friki, aprendiera de manera obsesiva sobre todos los hombres blancos heterosexuales terribles que causaron las guerras mundiales —dice, lo que provoca más risas entre la multitud—, sino que también me inspiró a dedicarme a la educación... como mi yo más auténtico y verdadero.

Morris nota cómo su mano le da un apretón cariñoso en la espalda.

—Así que —continúa, y se aclara la garganta—, se puede imaginar lo eufórica que me puse cuando el consejo estudiantil concluyó la votación secreta para decidir quién sería el nuevo miembro del Patio de la Fama Cobra de este semestre y usted fue el ganador.

Elisa se hace a un lado y revela la última placa de piedra del suelo, cerca del tronco del árbol.

—Felicidades por hacer historia, profesor —concluye mientras el patio estalla en vítores.

Morris se acerca un paso más y lee:

VIVIENDO CON ORGULLO - PREMIO PIONERO

MORRIS WARNER

PROFESOR EN LA S.C.C. | 1986–2023

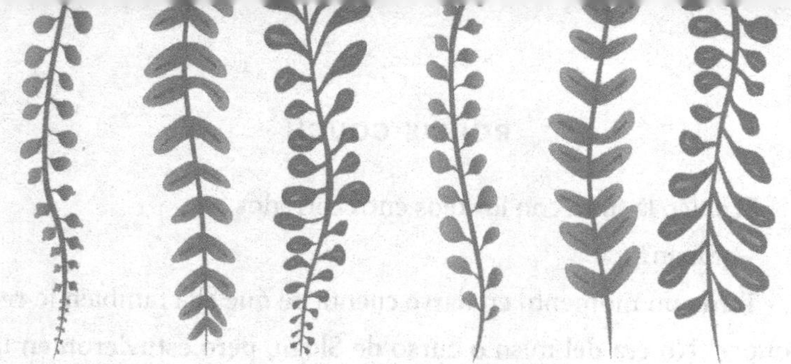

CAPÍTULO 32

Sloan

POR PRIMERA VEZ, DOROTHY'S ESTÁ tan vacío que Sloan ha recurrido a ver las noticias locales en la televisión que hay encima de las cervezas de barril.

A su jefe ni siquiera le importa que esté sentada en un taburete de la barra. Son las cuatro de la tarde de un día soleado, así que no esperaba estar haciendo malabarismos con cinco mesas de diez a la vez. Aun así, Sloan tenía la esperanza de estar lo suficientemente ocupada como para no darle vueltas al desastre en el que se ha convertido su vida, que parece peor que lo que está viendo en las noticias.

—Uf —jadea mientras el presentador da información actualizada sobre los incendios forestales que hay en el oeste—. La gente da asco.

—No te falta razón.

Sloan se gira hacia un lado cuando un cartero alto con unas rastas largas se sienta en un taburete a pocos metros de distancia.

—Hola —dice Sloan, que se baja del taburete de un salto y rodea la barra—. ¿Qué te sirvo?

El chico la mira con los ojos entrecerrados.

—¿Sloan?

Tarda un momento en darse cuenta de que ella también lo reconoce. No era del mismo curso de Sloan, pero estuvieron en la secundaria al mismo tiempo.

—Oh, hola. Dorian, ¿verdad?

Sonríe.

—El mismo. ¿Qué tal has estado?

—No me puedo quejar —responde, aunque sí podría si la dejara—, ¿y tú?

—Aparte de tener que llevar este uniforme con este calor, he estado bien —contesta. Dorian se agarra el cuello del uniforme azul claro y se lo separa de la piel para refrescarse—. ¿Me sirves una Oberon de barril, por favor?

—Claro.

Sloan agarra un vaso limpio y empieza a servir la cerveza.

—Mierda —murmura Dorian, y asiente en dirección a la pantalla de la televisión—. Hablando de gente que da asco...

Sloan le coloca la pinta delante y mira las noticias. El letrero de la parte inferior dice: PÁGINA DE CITAS ESTAFA A SOLTEROS MAYORES.

—La página web de citas, ahora desacreditada, llamada Solteros Experimentados ha sido, hasta la fecha, una de las estafas más elaboradas y de mayor alcance dirigidas a estadounidenses mayores —dice el presentador—. Tras animar a las personas mayores a registrarse, los estafadores se tomaban su tiempo para entablar una relación con los usuarios antes de presentarles dificultades económicas y pedirles ayuda. Los estafadores han robado cientos de miles de dólares a personas mayores de todo el país, incluyendo a muchos de nuestros vecinos aquí en la costa oeste de Michigan.

La pantalla salta a una entrevista con un experto.

—Estos estafadores eran astutos —comenta una mujer sentada detrás de un escritorio—. Dedicaban semanas, si no meses, a ganarse la confianza de los usuarios, conscientes de que las personas mayores estarían más dispuestas a abrir las carteras si estaban convencidas de que hablaban con pretendientes de verdad.

—Los estafadores inventaban todo tipo de razones para pedir ayuda —añade el presentador—, desde deudas médicas hasta gastos de viaje y todo lo demás.

—No puedo verlo —dice Sloan mientras niega con la cabeza, furiosa, y aparta la vista de la televisión.

—Este país necesita un maldito despertar espiritual —comenta Dorian, dando un trago a su cerveza—, y lo necesitamos *rápido*.

A Sloan, el segmento de noticias le recuerda a Morris, claro, y si siguiera su instinto, estaría yendo en bicicleta a su casa ahora mismo para asegurarse de que no se había visto involucrado en ese lío de los Solteros Experimentados. Pero tal y como Todd le ha tenido que recordar durante las últimas semanas, «la pelota está en su tejado, cariño».

Es decir, tiene que dejar a Morris en paz.

Cuando le respondió el día que Beth le contó la mentira de Angela en el supermercado, Morris no parecía necesariamente enfadado. Pero ninguno de sus mensajes denotaba emoción alguna. La única esperanza que puede albergar Sloan es que hablara en serio cuando dijo que se pondría en contacto, porque la culpa que ha sentido por haber aparecido en su puerta y haberlo arrastrado a la tormenta infernal de los Hopperbot ha sido palpable.

Sloan no ha hablado con su madre desde que canceló la boda, así que Todd ha estado actuando como intermediario. No es que Sloan la esté ignorando y castigando con el silencio; solo necesita más tiempo antes de poder estar en una habitación con Beth y confiar en que no explotará en un ataque de ira. Aparte de Harriet, no se ha comunicado con su familia en absoluto, la verdad. Angela está muerta para ella, más o menos, y descubrió que el deslenguado de su hermano fue quien le contó a la familia lo del mensaje de Facebook de Fred a Morris, por lo que también está en la lista negra de Sloan. Irónicamente, el único pariente con el que desearía poder hablar es el que el resto de su familia ahuyentó.

—Un momento —dice Dorian.

Sloan deja de limpiar la barra que ya ha limpiado dos veces hoy.

—¿Tu tío es el señor Warner de la secundaria? ¿O algo así? —pregunta Dorian, mirándola como si fuera un acertijo.

Sloan fuerza una sonrisa.

—Cerca. Padrastro.

—Oh. —Abre los ojos de par en par—. *Oh.*

—Sí —contesta, asumiendo que se acuerda de la aventura.

—Lo siento, se me había olvidado por completo.

—No te preocupes —dice—. Fue hace mucho tiempo. Morris es genial.

—¿Verdad? —contesta Dorian con una sonrisa—. Me encanta ese hombre. Está en mi ruta. —Dorian se señala el logo del servicio postal de la camiseta—. Es genial lo que le han hecho hoy en la secundaria.

Sloan se espabila.

—¿Eh?

Dorian la mira.

—Oh, supuse que te habías enterado. La secundaria creó un salón de la fama para antiguos profesores o algo por el estilo (no existía cuando estábamos allí), y le han dado una sorpresa a tu padrastro en la ceremonia. Es el último en ser incluido.

A Sloan se le acelera el corazón.

—¿En serio? —Se le ilumina la cara.

—Sí. —A Dorian le sorprende lo conmovida que parece al enterarse de la noticia—. ¿Estás bien?

Se seca una lágrima.

—Sí.

—¿Segura?

Se ríe.

—Sí. Son lágrimas de felicidad, te lo juro.

Sloan busca el celular para felicitar a Morris, pero se detiene cuando le viene a la mente la otra opción, más obvia, la que Todd no aprobaría.

—Si mi jefe pregunta adónde he ido —dice Sloan mientras lanza el delantal de trabajo sobre la barra—, ¿puedes decirle que he tenido una emergencia?

—¿En serio? Pero no he pagado la cerveza.

Sloan corre hacia la puerta.

—¡Invita la casa!

Se sube a la bicicleta y va directa a casa de Morris, muy consciente de que fue la decisión impulsiva de ir a verlo la primera vez lo que creó tantos problemas. Quizás viva para arrepentirse de otra de sus malas decisiones. Pero su padre siempre había sido de los que la animaban a confiar en su instinto y, ahora mismo, mientras dobla una esquina y la casa de Morris aparece ante ella, su instinto no podría estar más claro.

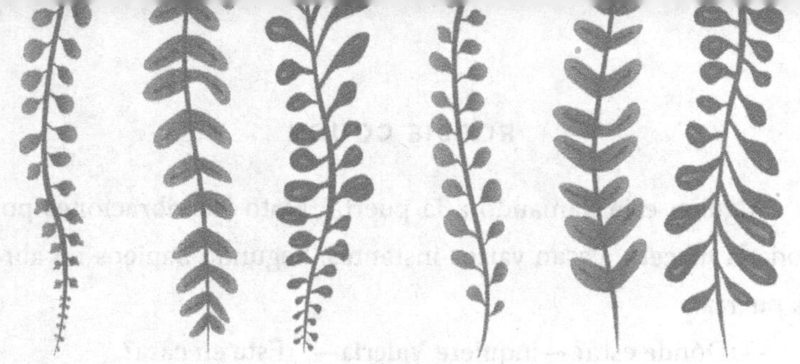

CAPÍTULO 33

Jade

NO ESTOY SEGURA DE CÓMO llaman los *sapiens* a la capa brumosa que existe entre la agonía y la muerte, pero sea lo que sea, he estado entrando y saliendo de ella cada vez con más frecuencia.

El final de mi existencia terrenal está cerca (puede que incluso sea hoy), y lo acepto. Todo va a salir bien. Porque es una tontería soñar con agua a estas alturas. Con las hojas tan arrugadas y la tierra tan reseca, el final de mi historia ya está decidido.

A menos que se demuestre que mis raíces están en lo cierto.

¿Y si no? Bueno, en ese caso, espero que la Tierra Durmiente me espere. Conoceré a mi madre. Podremos crecer juntas hasta alcanzar el tamaño de los rascacielos, con las raíces unidas como si fueran una sola, disfrutando del sol infinito. Me pregunto, sin embargo, si mi madre ha pensado en mí como Valeria piensa en Seraya.

Eso espero.

Pum, pum, pum.

Alguien está llamando a la puerta. Noto las vibraciones por toda la maceta. Pasan varios instantes; Segundo Sapiens no abre la puerta.

—¿Dónde está? —inquiere Valeria—. ¿Está en casa?

Pum, pum, pum. Los golpes continúan.

Blaze gime.

—Espero que sí, o si no va a estar llamando un buen rato. Es la chica *sapiens* que te cae bien, Jade —indica—, y parece insistente.

La chica sapiens.

Una descarga de energía me recorre las raíces. Tenía razón al confiar en ellas desde el principio. ¿Por qué? No tengo ni idea. Algunas preguntas carecen de respuesta, supongo. O tal vez aprenda secretos de los árboles cuando esté profundamente dormida en la Tierra Durmiente.

Pero, sea como sea, ha llegado mi hora.

Con un profundo suspiro, dejo caer todas las hojas que me quedan a la vez con la esperanza de que el felino negro esté acechando cerca. Noto el golpe de su pata al tiempo que su cuerpo impacta contra el costado de mi maceta.

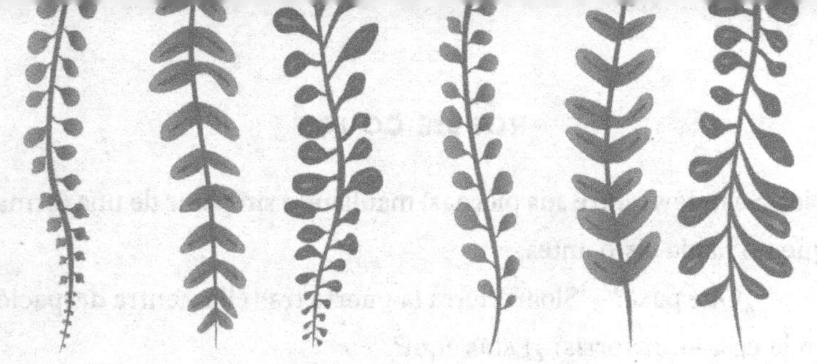

CAPÍTULO 34

Sloan

SLOAN NO SABE QUÉ HACER.

—Su auto está aquí —murmura en voz baja mientras alterna la mirada entre el camino de entrada y la puerta principal. Así que, ¿dónde podría estar Morris si no?

Tras unos instantes de reflexión, Sloan decide que no debería pasarse de la raya. No es ilegal ignorar a quienes llaman a la puerta como la gente ignora las llamadas telefónicas, se dice a sí misma, y por mucho que le duela reconocerlo, Morris tiene todo el derecho a fingir que no está. «Puedes felicitarlo la próxima vez que lo veas, estúpida», se regaña Sloan, con la esperanza de que *haya* una próxima vez.

Justo cuando se gira para volver a su bicicleta, oye un golpe fuerte proveniente del interior de la casa. Le da un vuelco el estómago.

Sin pensarlo dos veces, abre la puerta y entra.

—¿Morris? —grita—. ¿Estás bien?

Un Rascal especialmente exigente aparece enseguida a sus

pies. Se mueve entre sus piernas, maullando sin parar de una forma que no había visto antes.

—¿Qué pasa? —Sloan cierra la puerta tras ella y entra despacio en la casa—. ¿Morris? ¿Estás aquí?

Entra en la sala y ve el origen del estruendo.

—Oh, *no* —murmura al tiempo que la tristeza le recorre el pecho.

El árbol de jade que rescató se ha caído al suelo. La maceta está hecha añicos. Sloan se acerca cuando oye un leve crujido procedente de algún lugar del interior de la casa.

Hace una pausa.

—¿Morris?

Lo vuelve a oír.

Mira en la cocina, pero no está. Pasa junto al baño, pero también está vacío. Sloan asoma la cabeza en el dormitorio y suelta un grito ahogado.

—¡Morris!

Está tumbado boca arriba en el suelo. Sloan corre a su lado. Tiene los ojos cerrados, pero parece que está agitado. La etiqueta con su nombre, todavía en el pecho, dice GANADOR DEL PREMIO PIONERO.

—¿Me oyes? —le pregunta.

Morris frunce el ceño, pero muy poco.

—Aguanta, Morris —dice Sloan, que saca el celular con los dedos temblorosos—. No te duermas, ¿vale?

Sloan marca el 911 y confirma que viene una ambulancia. Luego se queda en línea con la operadora, quien le explica cómo comprobarle el pulso. En un abrir y cerrar de ojos, una ambulancia se detiene fuera, con las luces rojas intermitentes y sirenas a todo volumen avisando a toda la calle de que hay una emergencia.

Los paramédicos entran corriendo y suben a Morris a una camilla. Mientras lo sacan por la puerta principal, Sloan llama a Todd.

—Hola, cariño —responde.

—Estoy en casa de Morris.

Todd se da cuenta de que algo no anda bien.

—¿Qué ha pasado?

—No lo sé. Me lo he encontrado en el suelo, apenas consciente. ¿Puedes venir?

—Voy para allá.

Un paramédico aparece a su lado y empieza a acribillar a Sloan a preguntas. Responde lo mejor que puede, pero cuando la deja con la información del hospital de Morris y se va con los demás, no recuerda ni una sola palabra de las que han intercambiado.

Sloan cierra la puerta principal y se adentra en la casa de Morris, silenciosa y vacía. Se queda mirando el viejo cuadro de Rothko de la pared en estado de *shock*. Podrían haber pasado diez minutos o una hora desde que pisó su porche, ni siquiera está segura. Sea como sea, es la pesadilla más surrealista que ha experimentado en su vida.

Miau.

Sloan baja la mirada.

Rascal la mira fijamente y la lleva al rincón de la ventana, donde el árbol de jade permanece inerte en el suelo. Solo le queda una hoja adherida a uno de sus frágiles tallos, y la tierra que había en la maceta está esparcida por el suelo de la sala. La camioneta de Todd entra rugiendo en el camino de entrada y la puerta principal se abre segundos después.

—¿Cariño?

Cuando Sloan siente cómo sus brazos la abrazan por detrás, rompe a llorar.

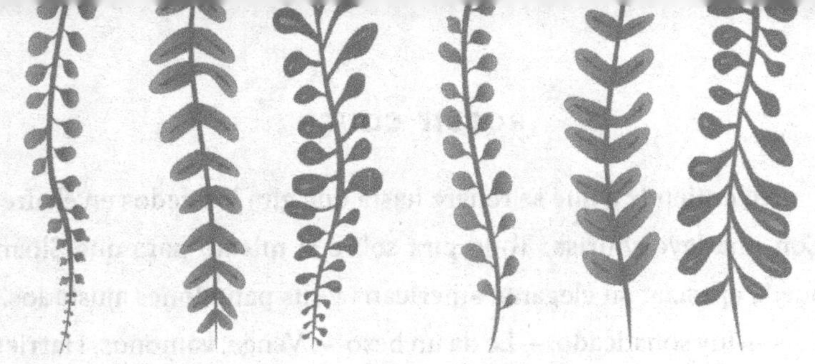

CAPÍTULO 35

Sloan

SLOAN DA UNA VUELTA RÁPIDA por el apartamento.

—¿Te gusta?

Todd sonríe con suficiencia y arquea las cejas.

—Yo gustar *muchísimo*.

—Está bien, Monstruo Comegalletas. —Se gira hacia el espejo para estudiar su vestido favorito por centésima vez—. Pero ¿no te parece un vestido demasiado atrevido para ir a la iglesia de Harriet? —Se ajusta los tirantes frente al espejo. El corte *babydoll* es ligero y cómodo (y también ceñido y suelto en los sitios adecuados), pero los pechos de Sloan podrían ser demasiado llamativos para Jesús.

—¿No te pidió Harriet que te lo pusieras? —pregunta Todd.

Sloan suspira.

—Sí. Pero a veces Harriet no sabe lo que dice.

Todd agarra las llaves de la mesa de centro y se encuentra con Sloan cerca de la puerta principal.

—Bueno, te toca a ti —le dice ella.

No entiende a qué se refiere hasta que gira los dedos en el aire. Con una leve sonrisa, Todd gira sobre sí mismo para que Sloan pueda apreciar su elegante americana y sus pantalones ajustados.

—Muy sofisticado. —Le da un beso—. Venga, vámonos. Harriet nos matará si llegamos tarde. —Le da una palmada en el trasero al salir por la puerta.

Se suben a la camioneta de Todd y salen del complejo de apartamentos.

—Vamos a ir por al lado del agua —sugiere Todd mientras cambia de rumbo.

—¿Por qué?

—El atardecer está bonito.

—Pensaba que no querías llegar tarde.

Se encoge de hombros.

—Yo pensaba que no querías ir de todas formas.

—*Touché.*

Sloan mira por la ventanilla, vislumbrando el agua entre los árboles. Todd tiene razón: el atardecer está precioso.

—Siento que deberíamos usar el lago más a menudo.

—¿Sí?

—Sí.

—¿En qué sentido?

—No sé. —Sloan observa los tonos rosas y anaranjados desde la ventanilla—. Es bonito, supongo. A veces siento que lo doy por sentado.

La mano de Todd se posa en la de ella.

Sloan ha estado emocionada todo el día, y no es de extrañar: se ha enterado de que a Morris le van a dar el alta en el hospital mañana. Después de que lo operaran del corazón y de una recuperación relativamente complicada, sus médicos por fin le han dado luz verde para irse a casa. El único que probablemente esté más emocionado que Sloan y Morris es Rascal. El pequeño cabrón se ha estado quedando en el apartamento de soltero, manchado de cerveza, de Paul las últimas dos semanas porque no paraba de destrozar la lana que Sloan usa para tejer en su apartamento.

Por suerte, entre los amigos profesores de Morris se corrió la voz de que se había operado, así que ha tenido un flujo constante de visitas en el hospital estos últimos días. Sloan viajó hasta Grand Rapids dos veces para verlo, pero estaba demasiado aturdido por los medicamentos durante la primera visita y, la segunda vez que se pasó, Mary, la amiga de Morris, estaba allí con un nieto con exceso de cafeína. Así que Sloan apenas ha intercambiado unas pocas palabras con Morris desde que se lo encontró en el suelo de su habitación. Sin embargo, se dio cuenta de lo mucho que apreciaba su presencia por cómo le apretaba la mano desde la cama del hospital, así que sabe que tienen muchos días por delante.

—Ahora que lo pienso —dice Todd—, ¿no te parece raro bautizar a un niño un viernes por la noche?

—Supongo —responde Sloan—, pero también es raro imponer un código de vestimenta tan estricto como este. Básicamente, eligió la ropa que teníamos que llevar. Pero así es Harriet.

—O —dice Todd mientras la camioneta reduce la velocidad—, ¿será que no hay un bautizo?

Sloan se da cuenta de que están entrando en Tinkers. Mira a Todd confundida.

—¿Se te ha olvidado algo en el trabajo? —Le echa un vistazo al estacionamiento de grava vacío.

Todd estaciona cerca de la entrada y apaga el motor.

—Espera aquí —dice—. Te veo dentro.

—¿Qué?

Abre la puerta y sale de un salto.

—Todd, ¿qué ocurre?

Sonríe con picardía y desaparece dentro de la tienda. Sloan está a punto de correr tras él, pero su madre se dirige a la camioneta antes de que pueda.

—Dios mío —dice Sloan al ver el vestido granate de su madre y darse cuenta de lo que está pasando.

Beth se acerca a la camioneta con cautela, visiblemente molesta por la grava polvorienta del estacionamiento sin pavimentar de Tinkers, y luego abre la puerta del conductor.

—Hola.

Sloan se queda boquiabierta.

—Eh... ¿hola?

—¿Puedo? —Beth hace un gesto hacia el interior.

Sloan asiente. Esperaba ver a su madre esta noche, pero no con el vestido que Beth planeaba usar para la boda de Sloan.

—Bueno —empieza Beth mientras cierra la puerta tras ella con un golpe. Exhala—. ¿Supongo que sabes lo que pasa?

Sloan no sabe qué decir.

—A ver... *¿quizás*?

La semana pasada, Beth y Sloan intentaron por segunda vez conversar con el objetivo de no saltarse a la yugular y, en su lugar, comerse el helado. Fue mucho más fácil, sobre todo porque Beth se pasó la mayor parte del tiempo disculpándose, y ni siquiera ella fue capaz de encontrar la manera de demonizar a Morris sabiendo que se estaba recuperando de una operación de corazón abierto mientras hablaban.

—Quiero que sepas que esta no tiene por qué ser tu boda real si no quieres que lo sea —dice Beth—. ¿Está bien?

Sloan se ríe, divertida ante el talento de su madre de encontrar la manera de quitarle la magia a todo.

—Me parece bien, mamá.

—Lo digo en serio —contesta Beth—. Si y cuando quieras la iglesia, la lista original de invitados y un pastel de verdad… —Hace una pausa para sonreírle a Sloan—. Avísame.

—Gracias.

—Pero hazlo pronto —añade—, porque no me estoy haciendo más joven.

Sloan estira el cuello para mirar dentro de la tienda a medida que se le llena el estómago de mariposas.

—¿Quiénes están ahí dentro?

—Eso lo tienes que averiguar tú.

Sloan estira la mano hacia el tirador de la puerta.

—Espera, quiero que tengas algo —dice Beth. Echa un vistazo al interior de la camioneta de Todd—. *Puaj*, Sloan, dile a Todd que tiene que limpiar esto si va a ser tu marido.

Beth empuja botellas vacías de refresco y mira debajo del asiento del conductor antes de recordar dónde debería estar el regalo. Estira el brazo por encima del regazo de Sloan, abre la guantera y saca la colonia de Fred.

—¿En serio? —pregunta Sloan mientras mira a su madre, impresionada.

—¿Puedo? —pregunta Beth.

Sloan asiente, y Beth rocía una pequeña cantidad cerca de la muñeca de Sloan. Las dos se sonríen mientras el aroma llena al instante el pequeño interior de la camioneta.

—Por mucho que quisiera matar a tu padre —dice Beth—, también lo echo de menos.

Sloan recuerda lo que Harriet le dijo en la playa durante el partido de voleibol de Paul: que si bien Morris pudo haber sido el amor de la vida de Fred, Fred siempre había sido el de su madre.

—Pero ¿dónde encontraste otro frasco? Harriet me dijo que la empresa quebró y que es imposible encontrar uno exacto.

—No te preocupes por eso —responde Beth—. Solo necesitas saber que mi psicóloga opina que puedes usar la colonia de tu padre cuando estés conmigo cada vez que quieras, y si tengo algún problema con eso, es un problema mío que debo solucionar yo.

Sloan sonríe.

—De acuerdo. Pero ¿qué piensas *tú*?

Beth se encoge de hombros y le sonríe.

—Supongo que mi psicóloga tiene razón.

Sloan la abraza.

—Gracias, mamá. —Estira la mano hacia el tirador de la puerta.

—¡Estás muy nerviosa! Espera un momento. —Beth aprovecha la oportunidad para mirar a Sloan una última vez antes de que entren—. Podemos hablar más sobre esto después, pero quiero que sepas que tuvimos una muy buena conversación, que me disculpé profundamente y que estoy muy feliz de que esté aquí.

Sloan frunce el ceño.

—¿Quién?

Beth se encoge de hombros y abre la puerta.

A Sloan se le acelera el corazón mientras baja de la camioneta y sigue a su madre hacia la entrada. Temblando de pies a cabeza y sin estar del todo convencida de que esto no sea un sueño, entra en la tienda. Y allí, de pie justo delante de ella, con filas de bicicletas de alquiler a ambos lados, está Morris.

Sloan se tapa la boca, emocionada.

—¿Pensaba...? —dice, volviéndose hacia Beth.

—Le dieron el alta hace dos días —susurra Beth mientras camina delante—. Sorpresa.

Sloan sigue los pasos de su madre hacia la parte trasera de la tienda, sin poder creer lo que ven sus propios ojos. Beth le da una palmadita a Morris en el brazo, y él le responde con un guiño al pasar.

—Estás preciosa —le dice Morris a Sloan con su impecable traje *beige*.

Sloan parpadea para contener las lágrimas.

—Tú tampoco te ves nada mal.

—Creo que reconozco esa colonia —comenta con una sonrisa. Morris se señala el pequeño pin de un pájaro que lleva en la solapa y que, Sloan se da cuenta, es el colibrí favorito de su padre—. Se alegraría mucho por ti, Sloan, lo sé.

Sloan y Morris salen del brazo por la parte trasera de la tienda de bicicletas. Hileras de luces blancas cuelgan sobre sus cabezas e iluminan el patio trasero, y Sloan ve un sol rojo e inmenso entre los árboles que se esconde en el lago. Solo sus familiares y amigos más queridos están sentados en sillas plegables de madera a ambos lados del pasillo improvisado, pero por mucho que Sloan quiera sonreírles y saludarlos a todos, no puede apartar la vista del hombre de sus sueños que la espera más adelante.

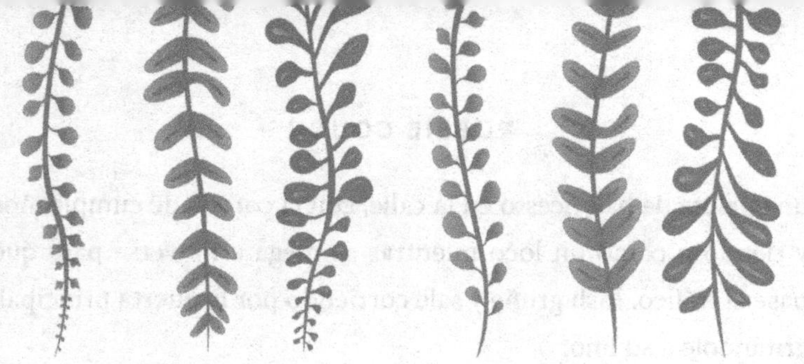

CAPÍTULO 36

Morris

Tres años después

EY, *EY!* —GRITA HARRIET MIENTRAS señala la ventana delantera de la casa de Morris con el único brazo libre. Con el otro acuna a la pequeña Ella, la bebé inconsolable que no planeó tener el año pasado—. Josh, ¿puedes ir a buscar a tu hijo antes de que lo incluyan en la lista de terroristas?

Mira a Sloan, que está apilando golosinas en la hielera que hay en el suelo, y luego niega con la cabeza con incredulidad.

—Morris, siento que el cumpleañero sea un monstruo hoy —dice Harriet.

Morris se ríe desde el sofá, donde se está poniendo las sandalias para la playa.

—Los niños de cuatro años tienen demasiada energía como para saber qué hacer con ella. Pero ¿un monstruo? Jamás.

—No estoy de acuerdo —susurra Harriet—, pero gracias de todas formas.

Josh entra corriendo desde la cocina y ve a Stephen botando

una pelota de baloncesto en la calle, con la corona de cumpleaños y riéndose como un loco mientras se niega a moverse para que pase el tráfico. Josh gruñe y sale corriendo por la puerta principal, gritándole a su hijo:

—¡Quítate de en medio!

Morris y Sloan intercambian una mirada y ocultan sus risitas para que Harriet no se dé cuenta.

Nada le ha gustado más a Morris que tener a su nieto de visita en casa durante los últimos años, y se sintió honrado cuando Harriet y Josh le propusieron la idea de celebrar el cuarto cumpleaños de Stephen en la playa cercana a su casa. Pero Morris entiende la exasperación de Harriet. Porque ese chico puede ser como una caja de fuegos artificiales.

—Me voy al agua yo también —anuncia Harriet mientras camina hacia la puerta con Ella en brazos—. Alguien va a traer el pastel, ¿verdad?

—Por centésima vez, sí —responde Sloan, apilando cajas de jugo en la nevera.

—Eso dices —contesta Harriet desde el recibidor—, ¡pero seguro que a alguno se le olvida!

Morris sonríe para sí mismo. Ve ecos de Fred en todos sus hijos, pero cada uno a su manera. Harriet sacó su espíritu, Paul heredó su risa contagiosa y Sloan tiene el mismo gran corazón que Morris echa de menos cada día.

—Morris —dice Beth al tiempo que entra en la sala desde la cocina con un frasco de pastillas recetadas en la mano—, ¿tomas inhibidores de la ECA?

—*Mamá* —interviene Sloan, horrorizada, mientras mira a Beth desde el suelo—. ¿En serio estás revisando sus medicamentos?

Morris sonríe.

—No pasa nada.

—Dices «revisar» como si estuviera rebuscando en sus cajones. —Beth se vuelve hacia Morris—. Dile que este ya estaba fuera.

Morris mira a Sloan.

—Lo dejé junto al microondas.

—¿Ves? —dice Beth, y le da un codazo juguetón a Morris en el costado—. No soy una entrometida.

Sloan deja caer los últimos artículos en la hielera con un suspiro.

—Mi médico también me recomendó que me los tomara —le comenta Beth en voz baja a Morris—. Pero he oído... cosas malas.

—¿Puedes ir a acosar a Josh con tus preguntas médicas? —pregunta Sloan—. Acaba de empezar a tomarse algo para la caída del pelo. Seguro que le encantaría hablarlo contigo con todo lujo de detalles.

—Hablamos en la playa —susurra Beth mientras le da una palmadita en el brazo a Morris. Estira el cuello para mirar fuera—. ¿Alguien sabe algo de Paul?

—Me escribió hace diez minutos —responde Todd, que entra a zancadas desde la habitación donde ha estado envolviendo el regalo de Stephen—. Se retrasó el partido de voleibol, pero ya viene de camino.

Después de casi tropezar con un Rascal irritado, Todd sostiene el pequeño regalo de Stephen en el aire como si fuera una medalla olímpica. El lazo rojo que tiene encima se cae al suelo al momento.

—Virgen Santísima —murmura Beth, mirando el regalo.

La sonrisa orgullosa de Todd se desvanece.

—¿Qué?

Beth se le acerca mientras señala el regalo.

—Esa esquina está rota, hay cinta adhesiva innecesaria colgando por aquí y...

—Tiene cuatro años, mamá —la interrumpe Sloan—, a Stephen no le va a importar.

—Bien —contesta Beth, y levanta las manos y camina hacia la salida—. No puedo ayudar a quienes no quieren ser ayudados.

Todd cierra la hielera y, con el regalo de Stephen haciendo equilibrio encima con cuidado, sigue los pasos de su suegra hacia la arena.

—Oh, deja que te ayude —ofrece Morris, que se acerca a Sloan mientras esta se incorpora.

Pero ya está de pie cuando llega.

—Te gané —dice.

Morris le mira la barriga. Le comenzó a crecer a los cuatro meses más o menos y no ha parado de hacerlo desde entonces. Mientras comían papas fritas y bebían agua con gas la última vez que fueron a la *happy hour* de Harry el Peludo, Sloan le dijo que creía que iba a ser una niña, pero que Todd se inclina por un niño, y quien se equivoque se salta la primera semana de cambio de pañales. Morris sospecha que el perdedor no va a poder cumplir con su parte del trato, pero a lo mejor le demuestran que se equivoca.

Niño o niña, Morris está deseando darle la bienvenida al mundo a otro Hopperbot. Anotó la fecha en la agenda en cuanto se enteró.

Sloan se seca el sudor de la frente y sonríe.

—Gracias por recibirnos a todos. Sé que es... *mucho*. —Echa un vistazo al desastre que su familia ha dejado en la sala—. Pero Harriet dijo que Stephen ha estado como loco toda la semana esperando su cumpleaños, por si te sirve de consuelo. La ha estado llamando «la playa del abu», que creo que debería ser su nuevo nombre oficial.

Morris se lo piensa.

—Me gusta cómo suena.

Sloan se pone de puntillas para darle un beso en la mejilla a Morris y luego se dirige hacia la puerta.

—¡Oh! —exclama al acordarse de algo—. El pastel.

—Ya lo bajo. No te preocupes.

—Está bien, pero que no se te olvide. —Sloan sonríe—. No puedo permitir que Harriet tenga razón.

Sloan dobla la esquina y desaparece.

Morris observa la sala. No exageraba con lo de desastre. Los juguetes de Ella están mezclados con los de Rascal y esparcidos por el suelo, hay trajes de baño y toallas de playa metidos en cada recoveco y las latas de refresco vacías parecen cubrir cada superficie disponible. A decir verdad, Morris no lo cambiaría por nada.

—¿Y tú qué? —le pregunta a Rascal, que lo observa desde el sofá.

Rascal demuestra su descontento con un maullido gruñón.

De camino a la ventana delantera, Morris pasa junto a un montón de fotos colgadas en la pared que documentan los últimos años. Está el día que ganó su premio como pionero y una foto en el primer festival callejero de Sloan, donde vendió más de sus criaturas tejidas a gancho que cualquier otro vendedor. Hay una foto de él y sus amigos del Club de Cine Plateado, cada uno con gafas 3D y un cubo de palomitas en el regazo. Están Todd y Josh sonriendo junto a Stephen durante la búsqueda de huevos de Pascua la primavera pasada; Harriet y Paul flotando por el río Chicago; Beth y Morris en el hospital el día que nació Ella, sonriendo de oreja a oreja.

Desde el rincón delantero, Morris mira hacia la playa, donde pequeños puntos con la forma de Stephen y Josh ya han empezado a chapotear en las olas que les llegan hasta los tobillos. Como todos los días, Morris también revisa las plantas de interior para asegurarse de que estén en perfectas condiciones. Ha comprado bastantes suculentas más en los últimos años. Ahora que lo piensa, puede que el rincón esté incluso más lleno que cuando vivía Fred.

Pero al igual que Fred, Morris también tiene sus favoritas.

La suculenta de fuego nunca ha estado tan rellena y feliz de estar disfrutando de los rayos del sol. La primera sansevieria de Fred tiene las hojas tan altas que bien podría estar transformándose en un árbol. En unos años, amenazará con atravesar el techo. La sansevieria más pequeña (la que trajo del aula de Elisa) está cerca de su equivalente más grande. Morris la mantuvo en la maceta rosa brillante todo el tiempo que pudo antes de que Sloan viniera y lo ayudara a mudarla a una casa más grande. Desde entonces, la suculenta ha crecido como un tallo de alubia.

Sin embargo, con toda probabilidad, Morris está más contento con su ejército de árboles de jade.

El día que tuvo el infarto, el mismo día que Rascal empujó el árbol de jade de Fred hacia su muerte, Sloan recogió las hojas secas para guardarlas con la esperanza de que aún pudieran propagarse. Y, en efecto, lo hicieron. Así que ahora Morris no tiene uno, ni dos, sino *cinco* jades que ocupan cada vez más espacio en un rincón que necesitaría unos metros cuadrados más. Sin embargo, Rascal sabe que no debe meterse con estas.

—¿A que sí, Rascal? —le pregunta a su coinquilino peludo.

El gato maúlla un sí reticente.

El roble del jardín sigue ahí. ¿Quién sabe cuántos años le quedan? Algún día la ciudad lo obligará a talarlo, pero no piensa hacerlo hasta el último momento. Cada vez ocurre menos, pero a veces, con suerte, Morris aún ve un colibrí gorgirrubí batiendo las alas entre las ramas. Y, por breve que sea la interacción, el avistamiento todavía lo hace sonreír de oreja a oreja.

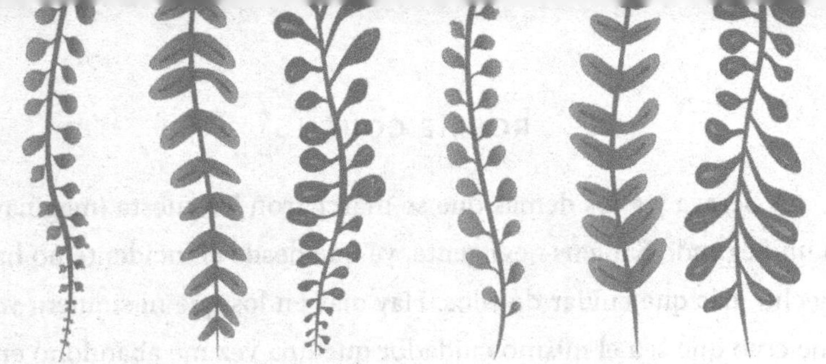

CAPÍTULO 37

Jade

HE ACABADO ENCARIÑÁNDOME CON EL felino negro. De hecho, todos lo hemos hecho. Desde que dejó de atacarme las hojas tras el incidente, la bestia se ha vuelto inexplicablemente benevolente. Últimamente prefiere tomar el sol cerca de la ventana, con el cuerpo peludo apretujado entre nuestras abarrotadas macetas, mientras sus ronroneos hacen que vibre la madera que hay bajo nuestra tierra. No hace falta que diga que prefiero eso a que me esté acechando.

—*Por fin*. —Suspira Blaze, con las hojas de un tono rojo especialmente irritado, mientras Segundo Sapiens sigue a los demás primates hacia el mar sin sal—. Está bajando con el resto.

—¿No hubo un tiempo en el que lo único que querías era su atención? —pregunta Seraya con inocencia, aunque el comentario no se percibe como tal.

Valeria y yo intercambiamos sonrisas cómplices mientras Blaze resopla y bufa.

—Eso fue hace mucho tiempo —le susurra Valeria a su hija, cuya maceta está a su lado—. Pero no hace falta sacar a relucir la sequía en un día tan maravilloso.

A Seraya y a los demás que se marcharon les cuesta imaginar a un Segundo Sapiens negligente, ya que desde el incidente no ha hecho más que cuidar de ellos. Hay días en los que ni siquiera *yo* me creo que sea el mismo cuidador que una vez me abandonó en un rincón oscuro para que muriera.

Pero también entiendo la frustración de Blaze. Por muy tristes que fueron los días de sequía, el problema actual del cascarrabias en cuanto a sus hojas es el contrario: no hay suficiente paz y tranquilidad. Segundo Sapiens y la chica no son las únicas criaturas que han estado visitando nuestra casa. Casi todas las tardes, Segundo Sapiens nos muestra con orgullo ante los nuevos invitados, y sus coloridos iris se toman su tiempo para absorber nuestro atractivo. Incluso Blaze, cuyas hojas rojas siguen siendo las favoritas del *sapiens*, se ha cansado de toda la atención extra. No obstante, yo la disfruto. El niño pequeño y tiránico, que grita y chilla mientras persigue al pobre felino negro, también me ha acabado gustando. Lo confieso, los pequeños descendientes de *sapiens* son más monos de lo que creía en un principio, y eso incluye a los niños exigentes de dos años. Quizás sea porque, para disgusto de Blaze, ahora tengo cinco pequeños, aunque ya no son tan pequeños.

Y debo darle las gracias a la chica.

Rescató varias de mis hojas caídas el día del incidente, y cada una de ellas brotó hasta convertirse en un ser único. Ha sido emocionante ver cómo sus tallos crecían estación tras estación hasta alcanzar mi altura. Lo único melancólico que han aportado a mi vida es el miedo a perderlas y la comprensión de lo que debió de sentir mi madre cuando se despidió de mí hace tantos años. No obstante, sé que algún día la veré en la Tierra Durmiente. Y qué día tan maravilloso será ese.

Agradecimientos

CUANDO EN MI CEREBRO DE *sapiens* brotó la idea para esta extraña historia, mi lado cínico tardó unos cinco segundos en reprimir la emoción que la acompañó. ¿Un libro sobre una planta de interior que encuentra la manera de ayudar a que su humano afligido vuelva a florecer? ¿Quién querría leerlo? Por suerte, mi editor quiso.

James Melia, y todo el equipo de Gallery Books, se merecen un millón de gracias por creer en esta novela tan peculiar y gay. Moe Ferrara, mi agente que siempre me ha apoyado, también merece un reconocimiento o diez.

Y, si bien cada personaje de *Volver a florecer* ocupa un lugar especial en mi corazón, ninguno ocupa tanto espacio como Morris. Mis padres, Bob y Katy, enseñaron en escuelas públicas durante toda su carrera, y ver la diferencia que marcaron en tantas vidas jóvenes me impactó de maneras que nunca comprenderé. También he tenido la suerte de tener muchos maestros increíbles, desde el señor Volk, quien me ayudó a descubrir mi amor por la escritura en cuarto grado, hasta la señora Taylor, quien me confió la edición de mi anuario casi una década después. Así pues, si conoces a algún señor Warner que esté inspirando a las futuras generaciones de Sloans, dale un abrazo de mi parte, por favor.

Oh, y mientras estás por aquí: *ve y riega las plantas.*